KB130376

인 간 경 영 선 각 자

장만기 회장
영면에 부치는 편지

장만기 회장 영면에 부치는 편지

초판 1쇄 발행 2021년 3월 3일

지 은 이 두상달 외 36명 지음
발 행 인 권선복
편　　집 유수정
디 자 인 김소영
전 자 책 서보미
마 케 팅 권보송

표지그림 임종렬 화백

발 행 처 도서출판 행복에너지
출판등록 제315-2011-000035호
주　　소 (157-010) 서울특별시 강서구 화곡로 232
전　　화 0505-613-6133
팩　　스 0303-0799-1560
홈페이지 www.happybook.or.kr
이 메 일 ksbdata@daum.net

값 15,000원

ISBN 979-11-5602-873-4 (03810)

인 간 경 영 선 각 자

장만기 회장 영면에 부치는 편지

· 두상달 외 36명 지음 ·

도서출판 행복에너지

발 간 사

83세의 일기로 세상을 떠나신 장만기 인간개발연구원 창립자께 많은 분들이 애도의 말씀과 추모의 귀한 글을 주시어 감사드립니다.

연구원 창립 이후 46년간 장만기 회장님과 삶의 궤적을 함께하며 보내주신 추모의 글을 모아 추모집을 출판하기로 하였습니다.

훌륭하신 분들과 교우를 함께하시면서 좋은 사람이 좋은 세상을 만든다는 신념으로 46년간 어려운 경제 경영 환경 속에서 인자하고, 따스한 마음으로 만면에 웃음을 갖고 긍정적인 철학과 감사정신으로 하나님을 믿고 모든 사람을 하늘로 삼아 봉사하시던 분이라 짧은 기한에 추모글이 많이 들어왔습니다.

추모글을 통해 후대에도 장 회장님이 해 오신 일들에 대한 가치를 재인식하고, 인간개발, 인간존중, 세계평화의 가치를 추모사를 통해 보다 선명하게 드러내어 후배들에게 귀감이 되게 하고자 합니다.

범람하는 코로나19로 인해 지인들과 인사도 못 하고 작별의 인사를 하시게 되어 이렇게나마 추모집으로 아쉬움을 달래고자 합니다.

귀한 글을 주신 분들께 진심으로 감사드립니다.

인간개발연구원 원장 **한영섭** 올림

걸어온 길(履歷書)

성명: 장만기(張萬基, CHANG MAN-KEY)

생년월일: 1937년 8월 8일(음)

학력

1968년 서울대 대학원 졸업(경영학 석사)

1985년 UCLA경영대학원 국제경영자과정 수료

1994년 미국 지구환경대학원 명예환경학 박사

(창설자 라이너스 폴링 박사, 노벨상 화학·평화 수상자)

경력

1968년 명지대 교수(경영학)

1969년 (주)코리아애드 이사

1970년 (주)코리아마케팅 대표이사

1972년 (사)한국기독실업인회 총무

1972년 제1차 세계성서공회대회 (이디오피아 아디스 아바바) 한국대표 참가

CBMC대회 한국대표 참가

1975년 (사)인간개발연구원 창립 원장 취임

1975년~ 경기대(관광경영학), 세종대 경영대학원(경영학), 연세대 교육대학원(산업교육), 한남대(경영학), 중앙대 사회개발대학원(리더십), 건국대(경영학), 국민대(경영학), 고려대 국제대학원(리더십), 기독대학원(인간관계론) 강사

1985년 행정자치부 지방행정연수원 강사

1985년 한국정보문화협의회 위원
1990년 한국엘엠아이(주) 대표이사 회장
1990년 한양기독실업인회 자문위원
1992년 (사)한미우호협회 이사
1993년 (사)한국지역정책연구원 상임위원
1993년 (사)한러친선협회 부회장 겸 회장 직무대행
2001년 (사)인간개발연구원 회장(현)
2002년 중국 연변과학기술대학 명예교수, 녹색교통 이사장(현 고문(09년~))
2003년 (사)한러친선협회 이사장(현), 재단법인 한빛누리재단 이사
재단법인 숭실공생문화재단 이사(현)
서울대학교 경영대학원 동창회 부회장(현) / Peter Drucker Society Korea 고문
2004년 중국 동북사범대 객원교수, 길림대학 고문교수
2005년 중앙인사위원회 인사정책자문회의 위원
2006년 중국 길림시 경제고문
2007년 육군발전협회 발기인 회원
2008년 현대자동차그룹 인사정책자문위원
2009년 나봄문화 이사, (사)한국씨니어연합 고문(현)
2010년 대한노인회 고문, 문화저널21 자문위원(현)
2011년 대통령직속사회통합위원회 기획위원, 국제한국문화교류운동본부 이사
전문경영자학회 고문(현), 한국방송통신대학교 운영위원
한러대화재단 이사(현)

저서: 『인간경영학』, 『대한민국 파워엘리트 101인이 들려주는 성공비결 101가지』, 『아름다운 사람, 당신이 희망입니다』
편저: 『기업과 인간』, 『한국적 노사관계』, 『간부의 자기혁명』
역서: 『간부와 자기관리』, 『경영지침』, 『활력경영』, 『폴 마이어와 베풂의 기술』, 『폴 J. 마이어의 리더십 실천계획 5단계』, 『기적을 부르는 사람』(日, 공저) ,『자조론, 인격론』(사무엘 스마일스 작)

賞 대통령표창, 산업교육부문, 1997
서울대학교, 경영인 대상, 2004
2010 CEO그랑프리 수상 CEO교육, 2010
환경재단 선정 2014 '세상을 밝게 만든 사람들'

목 차

1장

HDI사무국

2장

좌장단 & 이사단

3장

자문위원 & 회원사

- 1장 -

HDI 사무국

돈으로 환산할 수 없는 공적을 남기고

두상달 인간개발연구원 이사장

인간개발연구원 장만기 회장은 "좋은 사람이 좋은 세상을 만든다Better People Better World"는 일념으로 조찬 문화를 이 나라에서 처음 시작한 조찬포럼의 개척자Pioneer요, 구루Guru이다.

이 나라에서 시작된 조찬포럼의 최초 창시자요, 개척자요, 태두로 46년 동안이나 헌신해 오신 장 회장의 서거는 우리 모두의 아픔이고 이 사회의 큰 손실이기도 하다. 아직 이 나라와 사회에서 담당하고 기여해야 할 지상과업이 많은데 홀연히 떠나 너무나도 아쉽다.

HDI가 시작하기 전인 1960년대 말에 나는 장 회장이 CBMC 총무로 봉사할 때 알게 되었다. 그는 우연한 기회에 SMISuccess Motivation Institute 창립자 폴 마이어 박사를 만나 인간개발의 가치와 중요성을 알게 되었다.

폴 마이어 박사는 수십억 달러에 달하는 자기개발 사업을 개척한 사람이다. 그는 20대에 백만장자에 올라 SMI를 설립하여 저작물과 기록물들만으로도 20억 달러가 넘는 수익을 내기도 했다.

장 회장은 거기에 영향을 받고 도전하여 1975년에 인간개발연구원을 한국에서 정식으로 시작하게 되었다. 1971년에는 필리핀 마닐라에서 개최된 국제 CCC 주관 Leadership conference에 나와 같이 참석하여 2달 동안이나 같은 방에서 기거하면서 교육을 받은 일도 있다.

그 교육은 30만 명의 한국 기독교인들을 합숙 교육시킨 Explo74라는 초대형 집회의 준비를 위하여 고 김준곤 목사님의 권유로 가게 된 것이다. 그 후에도 같이 동남아의 여러 나라 CBMC를 방문하게 되었고 그 이후로 반세기 동안 협력, 동역해온 선배이자 동역자이기도 하다.

정부지원이 없는 비영리 순수 조찬 포럼으로 46년 동안이나 HDI의 명맥을 훌륭히 이어온 것은 기적이고 가히 전설적이라 할 수 있다.

그 당시 우리나라는 필리핀보다 못사는 가난한 나라였다. 찌든 가난 속에서 태어나 찌든 가난을 먹고 살던 어려운 시절이었다. 이 가난에서 벗어나 경제 부흥을 이루고 건전한 사회 발전을 위해서는 인간의 품성과 능력을 개발하고 동기유발을 통한 인간중심 기업문화가 필요한 때였다. 인간개발연구원은 이런 인적자원 개발이 건전한 사회발전과 경제적 부흥의 동력이요 요체며 그것이 사회적 자산이고 기업의 가치이며 자산이라는 생각으로 시작된 것이다.

HDI는 정치와 당파나 이념과 돈을 초월하며 사회 각계 각층의 지도자들에게 삶의 지혜와 경륜을 나누고 올바른 가치와 시대정신으로 건강한 사회를 만들었다. 그리고 수많은 사람들에게 경영의 정보와 선진기술 그리고 영감과 창의적 발상을 공유케 함으로써 이 나라의 인문학 발전과 산업발전에 큰 견인차 역할을 해왔다.

장 회장은 재무적 관리와 돈 버는 일에는 미숙했고 관심이나 재능이 없었다. 그래서 항상 쪼들리는 운영을 해올 수밖에 없었다. 한때 운영이 한참 어려울 때도 있었다. 그럴 때면 기업을 하는 나에게 가끔씩 푸념을 하며 돈 없는 고충을 말하며 힘들어하기도 했다. 그럴 때면 나는 "장 회장님은 돈이나 물질로 환산할 수 없는 업적과 공로가 대단하다. 남 부러워하지 마라. 그동안 뿌려온 씨앗의 열매들과 지금이 명예는 무엇과도 바꿀 수 없고 계산할 수 없는 가치가 있다"며 여러 번 격려하기도 했다.

'인간개발연구원' 그 중심에 서 있던 장만기 회장은 하늘나라로 가셨다. 지금까지 훌륭하게 이끌어 온 인간개발연구원을 오늘보다 내일 더 훌륭한 인간개발연구원으로 지속적으로 성장시키고 그 외면을 확대해가며 시대적 사명과 역할을 다하는 것이 지금 이 나라에 더욱 절실히 필요한 때다. 그 과업을 완수해가는 것이 고인을 기리는 것이 되고 나아가서 이 나라와 사회를 위하여 남은 자들이 감당해야만 하는 지상의 과제이고 사명이기도 하다.

장만기 회장님을 그리워하며

문용린 인간개발연구원 회장

그리운 장만기 회장님,

그냥 이렇게 가시는군요. 병상病床을 훌훌 털고 환하게 웃으시며, 제자리로 돌아오실 것을 이제나 저제나 하며 많은 분들이 기다리고 계셨는데, 무참히 뿌리치고 하느님 나라로 가셨네요. 하느님께서 주재하신 역사의 한 부분이라고 받아들이며, 장 회장님의 소천을 묵상합니다. 부디 하느님 나라에서 평화로운 안식을 누리시기 바랍니다. 바르고 착한 분에게 하느님의 보상이 계시다면, 응당 장 회장님도 그

줄에 서 계시겠지요. 이제 하느님 나라에서의 일은 하느님께 맡기고, 장 회장님 잘 돌보아 달라는 기도를 열심히 드릴게요.

존경하는 장 회장님,

많은 추억을 남기고 가셨습니다. 당분간은 그런 추억으로, 당신께서 이미 만들어 놓으신 조찬모임에 웅성거림과 수근댐이 한동안 많아질 것입니다. 당신이 사랑하시던 수많은 회원 하나하나가 독자적인 추억追憶을 하나씩은 가지고 계실 것입니다. 그분들께서는 이 추억으로 당신 생각을 떠올리며, 당신께서 남기고 간 좋은 만남의 기억을 오래 오래 반추反芻하게 되실 겁니다. 아마 그런 기억들이 당신께서 40여 년이 넘게 공들여 오신 인간개발연구원의 가장 귀중한 자산일 겁니다. 이 자산이야말로 향후 인간개발연구원이 더 크게 활동하게 될 발판이자 기댈 언덕이자 에너지원이 될 것입니다. 당신께서는 그냥 떠나신 것 같지만, 사실 이렇게 엄청난 자산資産을 남겨놓고 가신 겁니다. 이 자산을 잘 활용하여 당신의 그 원대한 인간개발의 꿈을 마무리하는 일이 당신께서 후학들에게 바라는 유일한 소망일 것이라고 믿습니다. 하늘나라에서도 관심을 갖고, 늘상 그러하셨듯이 열심히 내려다봐 주시리라 믿습니다.

사랑하는 장 회장님,

급작스럽게 병환에 드신 까닭에 따듯한 정담情談 한번 못 나누었습니다. 소근대며 나눌 이야기도 꽤 많았는데요. 태평로 모임 마치고 회장님과 저는 항상 전철을 탔었지요. 덜컹거리는 차 속에서 이런저런 이야길 많이 나누었지요. 모든 것을 긍정적으로 수용하시면서도 옳고 바름을 분명하게 금 긋고 판단하시던 모습이 지금도 눈에 선합니다. 언젠가 권기식 당시 원장님 등과 함께 여럿이서 중국여행을 한 적도 있었지요. 소주蘇州와 항주杭州에 들러 서호西湖 호숫가를 거닐며 한시漢詩를 이야기하던 즐겁던 때도 있었습니다.

그런데 제가 장 회장님과 지키지 못한 약속이 하나 떠오릅니다. 병환이 나시기 일 년 쯤 전인가요. 당신께선 은사이신 이한빈李翰彬 장관님 이야길 꺼내셨고, 저는 제 스승이신 정범모鄭範謨 교수님 이야기를 건넨 적이 있었지요. 두 분이 학문적으로 상당히 가까웠던 분으로 알고 있었기 때문이었습니다.

그때 당신께서는 정범모 교수님을 뵌 지가 너무 오래되었다고 하시면서, 한번 뵐 약속을 잡아 달라고 간곡하게 당부하셨는데, 제 불찰不察로 그만 그 약속을 못 지켰습니다. 정 교수님도 휠체어 생활을 하고 계셔서 차마 말씀조차 못 꺼냈는데, 지금 생각하니 정 교수님께 말씀만이라도 전할 걸 그랬다는 아쉬움이 큽니다.

못 지킨 약속에 대한 아쉬움을 기억 속에 항상 안고 살면서, 장 회장님과 순천향병원에서 마지막으로 나눈 무언의 약속은 꼭 지키도록 열심히 노력하겠습니다.

하느님 나라에서 편하게 지내십시오.

경제적인 빛을
우리사회의 빛으로

한영섭 인간개발연구원 원장

존경하옵는 장만기 회장님!

인간 개발이라는 가치를 구현하기 위해 우리나라 최초로 경영자조찬회라는 씨를 뿌리고 매주 40년 이상 경영연구회, 조찬회를 20~30회 이상 진행하며 꽃을 피우던 회장님!

46년 세월 속에서 많은 업적을 남기셨습니다.

항상 버스와 전철로 수많은 사람들을 만나러 다니시고

늦은 밤이 되서야 자택으로 돌아오셔서 가족들의 걱정이 많으셨다고 들었습니다.

80세의 연세에 중국 대학의 석사과정을 위해 노구를 끌고 젊은이들과 나란히 어깨를 하며 중국을 수없이 다니시고 새로운 학문의 정열을 불태우셨던 회장님!

주변에서 40년 이상 기업교육을 하시면서 왜 빚만 있느냐, 왜 경영 이익을 내지 못하느냐고 힐난을 하시면 "내가 돈 벌려고 연구원을 만들었느냐."며 불편해하시던 모습에서 인간경영 교육이 험난한 문제라고 생각도 했었습니다.

회장님의 자애로운 말씀과 인간애, 세계 평화, 국가발전에 대한 포부에 감동받아 경제적으로 어려운 직장 생활 속에서도 묵묵히 회장님과 일을 해 오던 연구원의 직원들이 나이가 40줄에 들어서면서 가정의 경제문제로 떠날 때마다 직원들의 삶을 윤택하게 해주지 못한 것에 대해 미안해하시고 떠나는 직원들에게 따뜻한 위로와 격려를 해주시었던 기억이 납니다.

이직한 이후에도 직원들이 지속적으로 회장님의 품을 그

리워하며 찾아와 인사드릴 때 인간적인 회장님으로부터 따뜻한 감동을 받았습니다.

경제적으로 가진 것은 없어도 물질에 전혀 개의치 않으시는 모습에 어떨 때는 화가 나기도 했었고 안타까움도 있었습니다.

누구라도 도와드리려는 회장님의 진정성 있는 모습에 많은 분들이 따르고 회장님의 품을 그리워하는 것 같습니다. 너무 많은 분들이 사업연계 소개를 부탁하여 많은 회원들이 회장님의 부탁이라 어쩔 수 없이 면담을 해드렸지만 불편해하셨던 분들도 많으셨다고 들었습니다.

연구원이 창립된 지 46년을 맞이하고 있습니다. 그럼에도 불구하고 사옥은커녕 회장님의 소유인 개인 사무실도 없어 휘문고 앞 대치동 사무실에서 양재동으로 사무실 크기를 줄여 이사해 올 때 회장님이 아끼시는 장서를 거의 절반 이상을 버릴 수밖에 없었을 때, 마치 자식마냥 귀한 책이 없어진 것에 대해 안타까워하셨고 화를 내신 적도 있으셨죠.

이렇게 재물을 모으지 못하시고 어렵게 신용으로 은행돈을 빌려 장만하셨다는 한강이북 연수원 부지가 수원지로 안 된다고 하여 공주 땅으로 대토 받아 이전하시고 나서 더욱이 IMF로 더 큰 이자지출로 가정과 연구원에 빚을 지게 되어 더 응어리가 맺어지셨다고 들었습니다.

회장님은 40년 이상을 밖으로는 한국 경제사회에 큰 울림을 주셨지만, 안으로는 가정에 많은 걱정을 남겨 놓으셔서 가슴에 많은 아픔이 있으셨으리라고 봅니다. 이제는 가슴속의 응어리는 다 잊어버리시고, 편히 쉬시기 바랍니다.

회장님의 고귀하시고 청아한 뜻과 철학은 이제 남은 후배들이 발전시켜 나가겠습니다.

'인간개발'의 가치를 인식하고 기업, 사회, 국가에 전파하고, 회장님을 사표로 삼아 발전시켜 나갈 것입니다.

이제는 편안히 천국에서 저희를 지켜봐 주시기 바랍니다.

- 2장 -

좌장단 & 이사단

'선비인재상'을 꿈꾼 장만기 회장을 떠나보내며

김병일 도산서원선비문화수련원 이사장

장만기 인간개발연구원 회장님의 영면을 애도합니다.

『아름다운 사람, 당신이 희망입니다』라는 회고록 제목처럼 회장님께서는 사람에게서 희망의 씨앗을 찾으시고 실한 열매를 맺도록 하기 위해 한평생 인재 육성에 진력하셨습니다.

빈곤을 겨우 벗어나던 1975년 인적자원 즉 인간의 중요성을 누구보다 먼저 선각하셨습니다. 그리고 인간개발이라는 위대한 과업에 30대 젊음을 바쳐 순수 민간기구 인간개발연구원HDI 설립을 실행하셨습니다. "좋은 사람이 좋은 세상을 만든다"는 신념 아래 46년을 한결같이 새벽 7시 경영자 조찬 공부 모임을 이끌어 오신 회장님의 선각자적 역할과 공헌에 수많은 분들이 잊지 못하고 깊은 존경을 표하고 있습니다.

"좋은 사람 좋은 세상Better People Better World"이라는 회장님이 내세운 인간개발연구원의 표어는 제게는 더욱 특별하게 다가옵니다. 제가 14년째 이사장으로 역할을 하고 있는 도산서원선비문화수련원의 설립 취지와 매우 같기 때문입니다. 수련원이 위치한 안동 도산은 퇴계선생의 고향으로, 선생께서 '착한 사람이 많아지는 세상'을 소원하며 학문연구뿐만 아니라 선비정신을 실천하면서 많은 인재를 길러냈던 곳입니다.

시대는 다르지만 500년 전 퇴계선생처럼 회장님도 세상을 지속 발전시키는 가장 큰 힘은 '사람'이라는 점에 주목하셨습니다. 그래서 퇴계선생은 도산서당에서 선비를 양성하셨듯 회장님은 인간개발연구원의 활동을 통해 사회 각 분야의 리더와 인재육성에 앞장서신 것입니다. 4차 산업혁명과 포스트 코로나 시대로 들어서는 지금은 창의력과 공감 능력을 갖춘 '사람'이 더욱 필요합니다.

공직시절부터 회장님과 만남을 이어오던 중 2015년에는 인간개발연구원 지도자들과 함께 도산서원과 선비문화수련원을 방문해주셨습니다. 누구보다 인간을 존중하였던 퇴계선생의 삶의 향기와 정신이 가득한 이곳에서 회장님께서는 당신의 평소 철학과 맥이 통한다고 느끼셨다고 생각됩니다. 회장님의 선비정신에 대한 높아진 관심은 저희 수련원 활동에 대한 큰 공감과 함께 그해 연말 필자의 '제1회 HDI 인간경영대상' 특별상의 시상으로 이어졌습니다. 이에 보답하는 뜻에서 필자도 미력하나마 선비정신의 확산을 통해 '사람다운 사람', 창의와 공감에 뛰어난 인재 양성을 위해 더욱 노력하겠다고 영전 앞에 다짐합니다.

"세상은 한번 멋지게 살 만한 가치가 있는 곳이다. 그렇기에 인간의 삶도 소중하다. 이 소중한 인생은 스스로 포기하지 않는 한 누구에게도 그 소중함을 빼앗기지 않는다. …

인간의 잠재력 개발을 위해 인생을 걸고 여기까지 헤쳐 온 것이다."

이렇게 인간개발연구원 창립 45주년 기념에세이 『아름다운 만남, 새벽을 깨우다』 발간사에서 말씀하셨듯 일생을 소중한 인간의 잠재력을 키우는 데 힘써 오신 회장님의 공헌과 헌신에 거듭 존경을 표합니다. 회장님이야말로 아름다운 사람들을 길러내신 이 나라의 아름다운 큰 어른이었습니다.

애 많이 쓰셨습니다. 이제는 편히 쉬소서.

참 인간교육

박민용 나봄문화 이사장

아주 오래전부터 학교후배의 가까운 인척이었던 장 회장님 얘기를 동문모임에서 여러 번 들었었습니다. 그분은 법 없이 살 수 있는 분이고 남의 일을 위해서라면 온몸을 다 바쳐서 도와주시는 분이라는 말을 가장 많이 들은 것 같습니다. 그리고 이 사회의 발전을 위한 그분의 헌신에 관하여서도 구체적인 내용들은 기억나지는 않지만 오랫동안 들어왔었습니다.

몇 년 전 평생의 내 학교생활이 어느 정도 정리되어 가고 사회의 여러 분들과의 직접적인 교류에 관심을 가지게 되는 시간적 여유가 생겼을 때에 그 후배는 장 회장님을 소개해 주었습니다.

장 회장님 가족들과 같이 만나게 되었던 그날의 만남은 길지 않은 시간이긴 하였지만 무언가 무척 오랜만에 다시 만난 듯하고 말로 표현하기 어려운, 참으로 마음 편하고 다정한 대화를 나눈 느낌이 아직도 눈에 선합니다. 때로는 나와 닮은 모습도 조금 있다고 평소 얘기해온 후배의 말이 떠오르기도 하였지만 감히 범접하기 어려운 그분의 자상하시고 온유하신 여유로움은 감동 그 자체였습니다.

그분은 식구들, 특히 자녀 교육에 있어서도 모두의 원하는 바를 자유롭게 놓아주고 조용한 기도로 뒤에서 염원하는, 쉽지 않은 참 인간교육을 가정에서도 꾸준히 실천하신 것으로 알고 있습니다.

마치 칼릴 지브란의 말, “당신의 자녀는 당신을 통하여 태어났지만 당신의 소유물이 아닙니다.”에서와 같이 자녀임과 동시에 한 인간으로의 존중과 참교육을 실천하신 것 같습니다.

그분은 평생의 인간개발 사업을 이 사회에서는 물론 가정에서도 일구어 내셨으며, 때로는 무언가를 급히 이루시

려는 강한 성격도 있으신 듯 하였지만 이를 또한 오래 참음의 덕목으로 승화시키는 인간개발의 좋은 계기로 삼으시지 않으셨나 생각해 봅니다.

인간은 죽을 때까지 배워야 한다고 흔히들 말합니다.

내 개인으로는 오래지 않은 인간개발연구원 참여와 그분과의 만남이 되었지만 만나 뵐 때마다 항상 새로움과 자애로움으로 내게 다가와 주셨던 그 모습을 지금도 잊지 못하고 있습니다.

그리고 내 스스로도 요즘 주변 분들을 만날 때마다 장 회장님이라면 이러한 때 어떻게 대하셨을까 하는 생각이 자주 떠오릅니다.

그러기에 나는 아직도 그분의 인간개발 방법을 생각하며 배우고 있습니다.

장 회장님 감사드립니다.

장 회장님 이제는 편안히 쉬십시오.

좋은 사람이 좋은 세상을 만든다

손경식 CJ그룹 회장

유독 추웠던 이번 겨울 전해진 장만기 회장님의 부음 소식에 너무나 마음이 아픕니다. 우리는 인간경영의 표상이 되어 평생을 살아오신 큰 어른을 보내드립니다.

저는 장 회장님께서 남기신 '좋은 사람이 좋은 세상을 만든다'는 유훈을 되새겨봅니다. 회장님은 항상 사람에게 희망을 찾고 또 잠재능력을 개발하여 국가발전에 필요한 동력으로 만들고자 노력하셨습니다. 그리고 회장님의 신념과 노력의 발자취는 우리 사회와 기업 그리고 국가에 대한 큰 기여로 이어졌습니다.

회장님은 46년간 인간개발연구원을 이끌어 오시면서 재정적인 문제와 기업 환경 변화 등 여러 어려움에도 불구하고, 인간을 연구하고, 인생의 지혜를 공유하는 진정한 리더 커뮤니티로서의 소명을 다하기 위해 매진하셨습니다. 특히, 국내에서는 처음으로 최고경영자 조찬모임을 만든 이래 매주 새벽 지치지 않으시고 조찬회를 개최하셨고, 이는 수많은 경영자들이 새로운 지식과 지혜로 거듭나는 계기가 됐습니다.

회장님이 말씀하신 대로 우리가 어떤 어려움에 처하더라도 '인생은 멋지게 한번 살아 볼 만한 곳'이라는 긍정과 '인간교육이 무엇보다 소중하다'는 신념은 우리 사회가 새로운 미래로 나아가게 하는 힘이 될 것입니다.

故 장만기 회장님의 영면을 빌며 남편과 아버지를 떠나보낸 유가족에게도 깊은 위로의 말씀을 드립니다. 항상 품격 있고, 열정이 넘치셨던 고인을 오래도록 기억하겠습니다.

세상의 등불이 되어 주신 장만기 회장님!

손 욱 서울대학교 융합과학기술대학원 초빙교수

대한민국 경영자, 지도자들이 어둠 속에서 길을 찾아 헤맬 때 새벽을 깨워주시고 밝은 길로 이끌어주시어 감사합니다.

항상 나라의 미래를 걱정하시며 국민의 삶을 생각하시는 큰 뜻을 앞장서 깨우치고 이끌어주시어 감사드립니다.

덕분에 자랑스러운 나라의 기반이 이루어졌습니다.

감사합니다.

인재개발이 아니라 인간개발의 깊은 뜻을 제대로 헤아리지 못하던 경영자들에게 인간이라는 명제를 고민하게 만들어 주셨습니다.

든 사람, 난 사람을 넘어 된 사람이 가득한 나라가 되리라 믿습니다.

감사합니다.

남기신 큰 뜻을 잊지 않고 선진한국의 꿈을 향해 힘과 지혜를 모아나가겠습니다.

행복한 하나님의 나라에서 지켜봐주시기 바랍니다.

감사합니다.

우리 사회의 선각자이시며 사표이신 장만기 회장님을 추모하면서

안충영 중앙대학교 국제대학원 명예교수

장만기 회장님의 召天 소식을 어제 SNS를 통하여 처음 접하였습니다. 더욱 많은 21세기형 경영자 개발사업을 추진할 수 있으신데 이렇게 홀연히 우리 곁을 떠나시니 황망하고 애통할 따름입니다. 장 회장님께서는1975년 우리나라에서 아직도 생소했던 '인간개발'을 화두로 인간개발연구원을 창립하셨습니다. 그리고 민간주도로 새로운 경영이념을 확산하기 위하여 경영자 조찬담론의 효시를 열었습니다.

제가 1974년 중앙대학교 경제학과에 조교수로 첫발을 디딘 이후 장만기 회장님을 처음 뵈었을 때 이렇게 말씀하셨습니다. "지하자원이 없는 우리나라의 살 길은 인간자본human capital을 축적하는 길밖에 없다고 봅니다. … 우리사회가 이점에 눈을 뜨고 기업과 사회가 사람을 키우도록 경영자 조찬강연회를 시작했습니다…."

장 회장님은 정말 시대를 앞서 갔던 선각자였습니다. 제가 미국 대학원에서 경제발전론을 공부할 때 한 나라의 잠재성장률은 자본스톡, 노동스톡, 그리고 총 요소 생산성의 합계로 배운 이후 그 실증적 연구를 한국에 적용해 보려고 마음을 굳히고 있던 때 장 회장님의 예리한 직관은 연구 타당성에 대한 확신을 더해 주셨습니다.

한국은 1960년대 초기부터 수출주도형 성장전략으로 본격적 고도성장을 시작한 이후 1970년대 접어들면서 실물자본과 노동력의 무한투입으로 중화학 공업화에 시동을 걸어놓은 상태였지요. 그러다가 1973년 제1차 에너지 쇼크의 직격탄을 맞고 경제회복의 길을 찾고 있었습니다. 그때 장 회장님께서는 기업이 지식과 신기술로 체화體化된 인간자본을 양성하고 기술집약 경영을 할 때 한국이 고유가를 이겨 낼 수 있다고 역설하셨습니다. 저도 R&D 확충, 교육제도 개선, 공익적 공동체의 국민정신을 함양하는 것이 한국의 총 요소 생산성을 높이는 길이라고 굳게 믿고 있었습니다.

장 화장님께서는 영광스럽게도 저를 몇 차례 조찬강연회에 연사로 초청하여 주셨습니다. 저는 일관되게 한국경제의 질적 고도화를 위하여 다자 및 지역 자유무역질서에 적극 동참과 이를 관리하는 인간자본화를 강조했습니다. 한국은 중국의 추격에서 벗어나고 일본을 캐취 업 해야 된다는 논리에서 장 회장님과 의기투합이 있었다고 생각합니다. 조찬강연 이후 몇 분 최고경영자님들과 강연논지에 대한 티타임 대화는 잊을 수가 없습니다.

장 회장님께서는 지방으로도 지식확산을 위하여 전남 장성군 장성 아카데미를 필두로 전국에 지방아카데미의 설립에도 앞장서곤 하셨습니다. 저는 장성 아카데미 강연 때 입추의 여지없이 강단을 꽉 메운 장성군민들의 열의에 깊은 감동을 받았습니다. 농사일이 아무리 바쁘더라도 매주 장성아카데미 개강시간을 기다리고 있으며, 군민들의 지식수준이 올라가면 과학영농의 마인드가 생기고 가계소득이 올라간다는 김홍식 군수님의 말씀은 지식확산knowledge spillover

이 수확체증을 가져온다는 내생적 성장이론의 실천현장이었습니다.

장 회장님은 고도성장에 따른 우리나라의 소득 양극화 현상에도 깊은 고뇌를 하셨습니다. 제가 동반성장위원장으로 있었던 조찬 강연에서 대기업과 중소기업이 지식 플랫폼을 만들고 협업을 진행하면 상호 윈윈의 포지티브 섬 기업 생태계를 만들어갈 수 있다는 점을 강조한 바 있습니다. 장 회장님의 혜안과 상통하게 되어 너무나 기쁘게 생각했었습니다.

우리나라의 살길을 항상 염려하시던 장 회장님의 우국충정과 언제나 잔잔한 미소에 담긴 청아한 인품의 향기를 오늘 더욱 깊게 느끼게 됩니다. 장 회장님은 우리 시대의 선각자이시며 사표로 오래오래 기억될 것입니다. 장소영 상무님과 유족 여러분께 깊은 위로를 전합니다. 이제 장 회장님께서 남기신 빛으로 한국을 "좋은 사람, 좋은 세상Better People Better World"으로 만드는 일은 살아 있는 저희들의 몫입니다. 하늘나라에서 장 회장님께서 영원한 안식을 누리시도록 삼가 명복을 빕니다.

고(故) 장만기 회장님을 보내며

오종남 김앤장 고문

반만년 역사를 자랑하는 우리나라가 '하루 세 끼 밥 먹는 문제'를 해결한 것은 그다지 오래되지 않는다.

세계은행의 빈곤선 기준은 1인당 국민소득 '하루 1달러'다.2015년 1.9달러로 상향 이 기준에 따르면 우리나라는 1인당 국민소득이 406달러가 된 1973년에 빈곤을 퇴치했다.

그로부터 2년 후인 1975년 2월 5일목 38세의 장만기 청년은 인간 개발을 위한 새벽 7시 조찬모임을 시작했다.

'하루 세 끼 밥 먹는 문제'를 겨우 해결한 1975년에 그는 어떻게 인간 개발에 눈이 떴을까? 그의 답은 명쾌하다. "경제가 좋아지려면, 국가의 정책도 중요하지만, 기업을 운영하는 CEO의 능력이 절대적이라 생각했다. 경제의 주체는 기업이고, 기업의 리더는 CEO 아닌가? 그래서 CEO를 강하게 키워, 그들로 하여금 나라를 잘 키우게 해야겠다는 생각으로 시작했다."

우리나라 경제개발 과정에서 획기적인 기여를 한 '한국개발연구원KDI=Korea Development Institute'이 있다. KDI는 우리나라 경제개발계획 수립 및 정책 입안에 도움을 주기 위해 정부가 1971년 3월에 설립한 국책 연구기관이다.

그로부터 4년 후 한 젊은이가 경제개발을 위해서는 기업 CEO의 인간 개발이 필요하다며 '인간개발연구원HDI=Human Development Institute을 설립한 것이다. 필자는 KDI와 HDI를 경제개발 연구와 인간개발 연구의 양대 축이라고 비교하곤 한다.

20년 후인 1995년에는 전남 장성군의 김흥식 군수와 손을 잡고 '장성아카데미'를 개설했다. 이는 상주시, 경주시,

서울 강서구 등 수많은 지방자치단체가 공무원과 민간인 대상 교육 사업을 시작하는 모델이 되었다.

최근에는 지도층에게 경제발전 과정에서 파생된 사회 문제에 대하여 배려와 섬김의 자세로 돌보라는 '노블리스 오블리주' 교육까지 확대하고 있다.

1월 7일 장만기 회장님께서 별세했다.

장만기 회장님을 보내며 그가 보여준 특이한 삶을 돌아본다.

누구든 장 회장님의 부탁을 받으면 거절하기가 참 어렵다.

다음은 어떻게 그렇게 많은 분들을 알고 계실까?

끝으로 이토록 유명한 'HDI'의 설립자로서 왜 돈은 모으지 못했는지?

장 회장님은 이에 대한 답을 '3불'로 간단히 정리한다.

정치와 돈과 종교, 이 셋과는 얽매이지 않겠다는 생각을 견지하고 살았다.

개인적 인간관계도, 인간개발연구원 같은 모임도, 정치나 돈이나 종교에 얽매이면 초심初心이 깨진다. 정치적인 당파성, 조직을 좀 더 잘 운영하기 위해 필요한 돈, 그리고 첨

예하게 대립하기 쉬운 종교, 이 셋과 얽매이지 않은 덕분에 가능했다는 것이다.

장만기 회장님은 우리 사회에 '조찬 문화'라는 유산을 남기고 떠났다. 유지를 받들어 생전에 꿈꾸었던 '인간개발'을 제대로 이어갈 것을 다짐하며 슬픔을 참는다.

삼가 고인의 명복을 두 손 모아 빈다.

조용한 영웅, 장만기 회장을 추모하며

유장희 매일경제 상임고문

최근 들어 우리사회에는 존경할 만한 어른이 드물다는 푸념이 잦다. 어쩌다 보니 나라가 어려운 지경에 놓여 있을 때 옳은 방향을 제시하고 좋은 길을 보여주며 때에 따라서 본인 스스로가 희생을 감수하며 모범을 보이는 참 어른이 드문 사회가 되었다. 필자는 평소에 이런 분이면 그러한 '참 어른'의 반열에 드실 수 있겠구나 하는 분이 계셨다. 그가 바로 지난 7일 영면하신 장만기 회장이다.

필자가 미국에서 오랫동안 교직에 있다가 영구 귀국한 것이 1988년이다. 국내에서는 잘 알려지지 않은 해외파 학자일 뿐이었다. 서울대에서 강의를 맡고 있었는데 어느 날 연구실로 전화가 왔다. 인간개발연구원이라고 매주 목요일 조찬모임을 갖고 있는 기구의 장만기 원장당시 직함이라는 것이다. 미국서 귀국한 지 얼마 안 되신다고 들었는데 점심이나 한번 같이 하자는 것이다. 며칠 후 우리는 만났다. 그는 자기 연구원을 자세히 설명하면서 2주 후 '세계경제 흐름과 한국경제의 진로'라는 제목으로 조찬 강의를 해 달라는 것이다. 당시 국제경제 분위기가 우루과이 라운드, 한미 통상마찰, OECD 참여문제, APEC 창설문제, 유럽의 경제 통합, 북방문제 등 복잡하게 돌아가는 형국인데 미국서 오랫동안 이러한 문제들을 다루어 온 유 교수께서 목요조찬을 통해 쉽고 시원하게 설명해 달라는 것이다. 나는 이때 두 가지 사실에 대해 놀랐다. 첫째는 국제경제의 흐름에 대해 이렇게 깊이 관심을 가진 분이 드문데 정통 국제경제학자가 아니면서도 소상하게 이해하고 있다는 점, 그리고 둘째는 미국서 오래 묻혀 있던 무명 학자를 어떻게 알고 발굴해서 접근하였는가이다. 참으로 놀라운 인간개발의 능력이라고 생각되었다.

장만기 회장이 지난 45년 동안 한 주도 빠짐없이 조찬강연회를 이어가며 인간개발연구원을 국내 최고의 지성인의 모임으로 발전시킨 이면에는 그의 처절한 인고의 노력이 있었다. 젊었을 때 무역업을 시도했으나 여의치 않아 이를 접었고 경영컨설팅 회사도 창업해 봤으나 실패했다. 그 뒤 섬유사업에도 뜻을 두었으나 일본 측의 방해로 실현시키지 못했다. 이런 과정에서 그가 '하나님의 인도하심으로' 만난 분이 텍사스주 웨이코의 폴 마이어 SMI 원장이었다. 마이어 원장은 그의 평생의 멘토가 되었으며 SMI가 성공하게 된 과정을 철저히 연구하여 인간개발연구원을 창설한 것이다. 동연구원은 지금까지 2040회를 넘는 조찬모임을 개최했으며 이를 통해 그 수를 헤아릴 수 없이 많은 인재들을 양성해 냈다. 우리나라 민간 지식포럼의 가장 큰 금자탑을 쌓은 것이다.

장 회장은 그의 회고록에서 "어느 누구든 일생을 살면서 고난과 역경을 피해가긴 어려울 것이다. 나 역시 80년의 인생을 돌이켜 보면 참으로 굴곡이 많았구나, 하는 생각을 떨치지 못한다. 다만 '나도 이렇게 고생했어요'라며 내세울 필요를 느끼지 못할 뿐이다. 하나님을 믿는 사람으로서의 겸

손이라는 생각도 있고 그 시련들이 하나님이 내게 주신 것이라는 생각이 들 때면 더욱 소중히 간직해 두고 싶다."라고 쓰고 있다.

바로 이런 장 회장의 조용한 고백이 오늘을 사는 우리 국민들, 특히 젊은 세대에게 큰 희망을 줄 수 있다고 본다. 실패를 두려워하지 말고 고난에 굴복하지 말 것이며 기회가 왔을 때 용기 있게 매진하라는 교훈이다. 그 후 자기 성공을 떠벌리지 말고 묵묵히 그리고 꾸준히 하던 일을 해 나가면 되는 것이다. 지난 1월 7일 23시 신축년 소띠 해 초입에 영면하셨으며 평소의 모습대로 고통 없이 평안히 잠드셨다고 한다. 그러나 조용했던 그의 마지막 모습은 우리에게 큰 웅변으로 다가왔다. "대한민국 국민은 위대하다. 다만 그 위대함을 발굴하여 더 좋은 국민Better People으로 인도하는 일은 지도자들의 몫이다." 장 회장님의 명복을 빌며 지금쯤 그가 천국에 가서 평생 사랑하던 하나님 우편에 앉아 계실 줄을 믿는다.

장만기 원장, 그에게 진 빚을 갚아야 할 때

윤동한 한국여해재단 이사장

장만기 원장은 많은 사람들이 경시하는, 눈에 보이지 않던 일을 더 소중히 여겼던 분이다. 그 눈에 보이지 않는 일이 바로 재계를 살려내는 기업인 교육 과정이었다. 그래서 장만기 원장을 한 마디로 정리하라면 우리나라 기업인 교육계발의 창업자라고 말할 수 있을 것 같다.

창업자라고 확실하게 말할 수 있는 것은 그야말로 이 업業을 일으키고 세운 분이기 때문이다.

83세, 아직 더 많은 교훈과 경륜을 우리 재계에 남겨줄 수 있는 연세에 그는 홀연히 소천하고 말았다. 올해 가장 추웠던 날, 그와의 별리를 접하면서 오랜 추억을 되짚어보게 되었다.

한국 재계에서 기업인 교육을 처음 시작한 이가 고 장만기 원장이었다.

"Better People Better World"라는 말은 평소 장만기 원장이 지론처럼 되뇌던 그의 소신이자 철학이었다. "더 좋은 사람이 더 좋은 세상을 만든다."는 평소의 철학을 아낌없이 후배 기업인들에게 나눠주고 싶어 하던 분이었다.

고 장만기 원장이 세계적으로도 유례가 없던 조찬 경영자 교육 모임을 처음 시작한 것은 1975년 2월 5일이었다. 38세에 그렇게 재계와 학계의 명사들과 시작한 조찬모임이 올해로 46년째가 됐다. 횟수로만 봐도 얼추 잡아 2,300회가 넘었을 듯하다. 한 가지 일을 쉬지 않고 이렇게 꾸준히 실천하면서 그는 대가의 길을 묵묵히 걸어왔다.

이 모임은 장만기 회장의 교육 철학에서 시작된 것이다.

그는 “모든 경제의 주체는 기업이어야 한다. 기업의 주체는 인간이어야 하고 기업과 인간을 리드하는 이는 CEO이니 마땅히 기업인을 철저하게 공부시켜 한국 산업의 수준을 글로벌 정상의 대열에 올려놓아야 한다.”고 주장하곤 했다.

모두가 잘 살아보겠다고 몸부림치던 시절, 온 세상이 제조와 하드웨어로 몰려가던 때, 장 원장은 홀로 기업인의 역할과 사명에 주목했다. 그 당시에 기업인 교육이라는 말은 입에 오르지도 않던, 그야말로 눈에 보이지 않던 숨은 진주였다. 요컨대 그는 기업이 잘되려면 눈에 보이는 것만 잘해서는 안 된다는 생각을 가졌다. 경영자가 끊임없이 공부하고 시대를 앞서 가야 글로벌 정상에 오를 수 있다는 것을 깊이 깨달았던 것이다. 그리고는 우리나라 산업 현장에서 열심히 일하는 기업인과 학계, 정계를 잇는 소통과 교육의 중매자 역할을 자처했던 것이다.

장 원장은 세상에 대해 낙관적이고 긍정적인 분이었다고 기억한다. 그는 자신이 창립한 인간개발연구원에 대해 자긍심을 가졌던 분이었다.

"세상은 한번 멋지게 살 만한 가치가 있는 곳이다. 그렇기에 인간의 삶도 소중하다. 이 소중한 인생은 스스로 포기하지 않는 한 누구에게도 그 소중함을 빼앗기지 않는다. 이런 생각들은 인간개발연구원을 창립하고 45년을 이어온 원동력이었다."

그런 원동력으로 그는 기업을 창업한 기업가 및 경영자와 함께 학습하는 모임을 만들었고 최고경영자를 위한 '인간개발경영자연구회'를 개설하여 매주 목요일 새벽을 깨우기 시작했다. 새벽을 깨우는 조찬 경영자 모임은 세계에서 유례를 찾아볼 수 없는 장 원장 전매특허의 기업인 교육 프로그램이다.

순수 민간 비영리공익법인으로 설립된 인간개발연구원은 모든 사람들이 자기 내면의 무한한 잠재능력을 개발하여, 개인과 가정, 기업과 지역사회의 성공을 도와주고 인간 중심의 사회를 구현하는 것을 그 목적으로 지금까지 기능해 왔다.

장 원장은 정치 종교 금전에 매이지 않겠다며 3불不 정책을 고수해 아무도 그를 정략적으로 끌어넣지 못했다.

그 결과 한국 중소 중견기업인들 모두는 인간개발연구원 출신이라 해도 과언이 아닐 정도가 됐다.

우리 모두는 그에게 빚을 진 셈이다. 후배 된 우리가 정치와 사회 각 부문에 갚아야 할 때다.

눈이 쏟아지는 이 겨울밤 그분의 향기가 더욱 그리워진다. 이제 부디 훌훌 털어버리시고 고된 이승의 업을 내려놓으신 후 편안히 잘 가시길…. 좋은 곳에서 편히 쉬시면서 후배들을 기다려주시기를 바라는 마음 간절하다.

큰 바위 얼굴~*

윤은기 한국협업진흥협회 회장

인간개발연구원 장만기 회장님이 별세하셨습니다. 1980년대 저의 평생 스승이신 김동호 장군님, 삼천리 이장균 회장님과 함께 세 분이 모 대학 최고경영자과정에 다니시면서 삶의 철학과 인품에 서로 매료되어 깊은 교분을 맺으셨습니다.

저는 젊은 나이로 한창 방송하고, 강의하고 다닐 때인데 어느 날 김 장군님께서 저를 삼천리 회장실로 부르시더니 이장균 회장님을 소개해주셨고 그때 아드님인 현 이만득 회장과도 인사를 나누었고 평생 귀한 인연을 이어오고 있습니다.

장만기 회장님께서는 그전부터 저를 장성아카데미 강사로, 인간개발연구원 강사로 여러 번 불러주셨고 평생 늘 따뜻한 격려와 칭찬으로 저를 잘 이끌어주셨습니다.

"좋은 사람이 좋은 세상을 만든다." "좁은 국토에 지하자원은 부족하지만 우리에겐 귀중한 인간자원이 있다."

장 회장님의 가르침은 제가 대학총장을 할 때나 중앙공무원교육원장을 할 때도 늘 가슴에 담고 있었습니다. 평생 우리나라의 발전을 이끌고 국격을 높이신 큰 바위 얼굴이십니다.

장 회장님은 떠나셨지만 그 고귀한 뜻은 인간개발연구원을 통해 영원히 이어지기를 기원합니다.

존경하는
장만기 회장님

이경숙 글로벌차세대 대한인지도자재단 이사장

지난 2년 동안 투병하시는 것을 보면서 다시 건강해지시기를 소망했던 회장님께서 금년 들어 가장 추운 날인 오늘, 소천하셨다는 슬픈 소식을 들었습니다. 부드러운 미소와 따뜻한 말씀, 뜨거운 열정으로 늘 청춘 같은 삶을 살아오시면서, 주변 사람들에게 따뜻한 기운을 불어넣어 주셨기에, 이 땅에서의 나그네 길을 마치시고 천국 본향으로 돌아가신 소식을 들으니 마음이 더욱 춥고 아파 옵니다.

회장님께서는 대한민국과 국민을 사랑하시는 선견자이셨습니다. 46년 전 경제 성장만이 나라를 살리는 길이라고 모두가 주장할 때, 인간 개발이 국가 발전에 가장 필요하다고 생각하시고 인간개발연구원을 창립하셨습니다. 연구원의 비전을 '세계의 평화와 국가의 번영과 인간의 행복'으로 내세우시고, 인간 개발은 교육을 통해서 가능하다고 믿으시고, 기업가 경영인들에게 조찬학습 모임을 시작하셨습니다.

이처럼 원대한 비전을 달성하기 위하여 "좋은 사람이 좋은 세상을 만든다."는 모토를 만들고, 좋은 사람들이 함께 모여 서로 소통하고 이해하며 공감하고 사랑하면서 연결되어, 아름답고 좋은 세상을 만드는 작업을 해오셨습니다.

회장님께서는 솔선수범하는 섬기는 리더이셨습니다.

능력과 성품을 갖춘 회장님께서는 38세라는 젊은 나이에 권력과 명예와 돈과 지위를 추구하지 않고, 인간을 존중하고 배려하며 동기 부여 시켜 주고 잠재력을 키워주며 격려하는 일을 택하셨습니다. 인간을 사랑하고 헌신하며 희생하는 숭고한 마음과 강인한 의지와 신념과 실천하는 용기가 없이는 결단하기 힘든 일이었다고 생각합니다.

매주 목요일 새벽 조찬학습 모임에 가장 먼저 오셔서 한결같은 부드러운 표정으로 회원들을 반갑게 챙겨주시던 모습이 눈에 선합니다. 팔십 가까운 연세에 중국에서 개최하는 대학원 과정에 2년여 동안 젊은이들과 함께 공부하신 학습열은 모든 사람들에게 솔선수범하는 멘토와 스승의 본보기를 보여 주셨습니다.

회장님께서는 반세기에 가까운 세월 동안 연구원을 운영하시면서 개인의 유익을 구하지 않으시고, 공익 마인드로 정직하고 청렴하며 진실되고 성실하고 근면하게 사셨습니다. 이념이나 정치에 편향되지 않고 모든 분야의 저명한 많은 리더들과 교제하시면서도, 항상 겸손과 절제로 편안하고 자유로운 인간관계를 유지하셔서, 가장 아름답고 끈끈한 인맥을 인간개발연구원의 소중한 유산으로 남기셨습니다.

이타적이고 남을 먼저 섬기는 회장님의 훈훈한 성품은 회장님이 매일 새벽 4시에 일어나셔서 성경 말씀을 읽고 묵상하며 기도하는 신앙에 깊은 뿌리가 있는 듯합니다. 하나님을 경외하고 사랑하며 이웃을 내 몸같이 사랑하고 섬기는 말씀을 삶에 적용하여 실천하셨기 때문에, 힘들고 어려운 상황에서도 소망을 품고 끈기 있게 성공적인 성과를 이룰 수 있었다고 여겨집니다. 이 세상에 사시는 동안 육신으로는 고단하셨지만, 영적으로는 평안과 기쁨과 감사가 늘 함께하셨으리라 믿습니다.

이제 이 땅에서 주어진 사명을 모두 마치셨으니 하나님 품 안에서 편안하게 영생을 누리며 사시길 바랍니다. 인간개발연구원과 남겨 놓으신 유업은 남은 자들이 회장님의 유지를 받들어 잘 이어갈 것입니다. 평생 회장님을 내조하시느라고 힘들게 사신 사모님과 장소영 상무를 비롯한 모든 유족 분들에게 하나님이 주시는 평강과 위로가 함께하시기를 기도합니다.

존경하는
장만기 회장님을 추모하며

이배용 한국의 서원 통합보존관리단 이사장

늘 우리들의 곁에 계실 줄 알았던 장만기 회장님이 황망히 하늘나라로 가셨다. 2년 전 갑작스러운 병마를 만나 투병하실 때도 그래도 시간이 가면 쾌차하실 줄 알았다. 이 시대의 굳건한 느티나무 같은 버팀목이었기에 처음에 부음을 들었을 때 실감이 나지 않았다.

장만기 회장님과는 이화여대 총장으로 재직하고 있을 때 강연을 초청받으면서 인연을 맺었다. 그때 강연제목은 '한국 역사 속의 창조적 리더십'으로 우리 역사 속의 인물을 통해 리더십과 창의성은 역지사지의 배려의 마음에서 나올 수 있다는 요지의 강연이었다. 이 강연을 들으시고 무척 공감하시면서 무슨 일을 하든지 먼저 우리 역사와 문화를 알아야 함을 전적으로 지지해 주셨다. 그 후부터 저와 회장님과의 한국학의 동행이 시작되었다.

회장님과 함께 10년 가까이 세계에 한국적인 것을 알리기 위해 협력 체제를 굳건히 하면서 느낀 감회는 첫째로 장 회장님은 매우 부지런하시고 열정이 대단하심을 알았다. 제가 국가브랜드 위원장 시절 2011년 평창 동계올림픽 유치가 결정되었다. 3번의 도전 끝에 따낸 값진 국가적 쾌거였다. 우선은 평창 동계올림픽을 문화올림픽으로 해야 한다는 취지를 말씀드렸더니 회장님께서 적극 찬동하시면서 인간개발연구원과의 공동행사를 추진하여 전국 여러 곳에서 강연회와 세미나를 개최하였다. 제가 한국학중앙연구원장을 맡게 되면서 더욱 본격화되었다. 서울에서, 부산에서, 평창 등지에서 한국학 콘서트를 마련하여 여러 석학들을 모시고 성황리에 행사를 마친 기억이 새롭다.

두 번째로는 회장님의 앞을 내다보는 교육 철학이었다.

무엇보다도 사람이 우선이고 바른 인재를 양성하는 과제가 미래의 희망의 씨앗이라는 일념으로 대한민국의 새벽을 밝히신 분이다. 좋은 자리를 얼마든지 확보하실 수 있는 실력자이신데 부와 권력보다 1975년 조찬모임을 시작하여 각계 지도자들의 지성의 광장을 마련하여 지금까지 46년째 한결같이 진행하고 있다. 초지일관 좋은 사람이 좋은 세상을 만든다는 선한 영향력을 전파하였다. 미래지향적인 혜안으로 지식기반 사회, 참된 인재 양성 시대를 앞장서 열어온 집념은 우리 교육자들도 머리가 저절로 숙여진다.

셋째로는 한결같은 애국심이다. 우리나라가 가난했던 시절부터 번영의 세월까지 모든 목표의 초점은 정의롭고 참된 대한민국, 글로벌 사회에서도 신뢰받는 대한민국이었다. 매일 새벽 세계평화, 국가의 번영, 인간의 행복을 위해 기도한다는 말씀을 들을 때 그분의 우주는 넓다는 것을 느꼈다. 지역마다 전 국민이 교육의 혜택을 골고루 받아 좋은 시민이 될 수 있는 길을 바르게 닦는 데 열정을 기울이셨다. 특히 교통의 접근성이 어려운 지역에도 파고 들어가서 강좌를 펼칠 때 지역 주민들 수백 명이 참여해서 진지하게 경청하는 모습에서 미래의 희망을 보았다.

늘 뵐 때마다 인자하시고 따뜻한 미소로 맞아주는 친근감이 지금도 눈에 선하다. 우리들의 큰 울타리가 되셨던 장 회장님, 이제 밤하늘의 큰 별이 되어 우리나라의 앞날을 밝게 비추어 주실 것을 간절히 기도하는 마음이다. 투병 생활 중에도 미소를 잃지 않고 정성을 다해 간호하셨던 사모님, 장소영 상무님, 유족들께 위로의 말씀을 드린다.

장만기 회장님을 그리며

임관빈 (예)육군 중장

존경하는, 그리고 사랑하는 장만기 회장님.

지칠 줄 모르며 40년 이상 대한민국의 새벽을 깨우시던 회장님께서 이렇게 저희들 곁을 훌쩍 떠나가시니 그 큰 빈 자리의 허전함에 그저 하늘만 바라보게 됩니다. 그래도 "좋은 사람이 좋은 세상을 만든다." "좋은 사람은 교육을 통해서 만들어진다."는 회장님의 철학과 인간개발원을 통한 실천노력은 우리나라와 사회에 깊은 뿌리를 내렸고 그 결실이 곳곳에서 드러나고 있어 회장님께서는 여전히 우리와 함께 계신다는 생각이 들어 다시 마음을 추스르게 됩니다.

회장님께서는 저희 군도 많이 사랑하시고 후원해 주셨습니다. 제가 전방에서 사단장을 마치고 육군본부 정책홍보실장으로 부임하였을 때, 육군본부에도 장성아카데미를 모델로 간부들의 의식개혁과 능력개발을 위한 혁신아카데미를 운영하게 되었는데 장성아카데미 신드롬을 만드신 분이 바로 장만기 회장님이라는 것을 알게 되었습니다. 그래서 제가 회장님을 찾아뵙고 아카데미 운영에 대하여 고견을 듣고 협조를 요청 드렸는데 회장님께서 적극적으로 도와주시고 직접 강의까지 해 주셨습니다. 그 덕분에 육군본부 아카데미가 성공적으로 운영이 될 수 있었고, 또 많은 예하부대에서도 육군본부와 같은 아카데미를 운영하는 계기가 되었습니다. 이런 아카데미 운영은 군 간부들의 능력을 개발하고 의식을 혁신하여 군의 무형전력을 키우는 데 크게 기여하였습니다.

존경하고 사랑하는 장만기 회장님.

저는 지난 15년여 동안 회장님을 뵈면서 나라를 지키는 군인으로서 회장님의 인간개발 철학에 누구보다 공감하며 감명을 받았습니다. 군대가 나라를 지키기 위해서는 많은 병력과 성능 좋은 무기가 필요하지만 무엇보다 중요한 요소는 부하들을 잘 이끌고 전투력을 효율적으로 운용할 줄 아는 똑똑한 장교입니다. 아무리 많은 병력과 성능 좋은 무기가 있어도 장교들이 지휘와 운용을 제대로 하지 못하면 무용지물이 되고 나라를 지키지 못하게 됩니다. 그러나 장교가 똑똑하면 병력과 장비가 부족해도 이를 극복하고 나라를 지킬 수 있기 때문입니다. 임진왜란 때 이순신 장군과 원균이 이를 웅변적으로 입증하고 있습니다. 똑똑한 장교란 끊임없이 공부를 해서 인격과 지식을 잘 갖춘 장교를 말합니다. 저도 군 생활을 마치면서 후배장교들의 자기개발에 도움을 주고자 『성공하고 싶다면 오피던트가 되라』는 책을 한 권 썼는데, 오피던트offident란 장교의 'officer'와 학생의 'student'를 합성한 신조어로서 '학생처럼 늘 공부하는 장교'라는 뜻입니다. 이러한 저의 생각은 존경하는 장만기 회장님께서 평생 실천하신 인간개발 철학에서 배운 바가 컸습니다.

누구보다 우리 군을 많이 사랑하고 크게 도와주셨던 장만기 회장님의 영전에 42년을 군인으로 살아온 저와 회장님을 아는 많은 군인들의 깊은 존경과 감사의 마음을 담아 군대의 최고 예우인 대장의 예로 마음의 예포 19발을 올립니다. 회장님 사랑합니다.

CEO교육의 선구자 장만기 회장

장태평 더푸른미래재단 이사장

인간개발연구원을 설립하고 운영했던 장만기 회장의 부음을 듣고, 우리 사회의 큰 스승을 잃은 슬픔에 마음이 아프다. 장 회장의 명복을 빌며, 경영자 교육의 중요성을 다시 한 번 생각해 보는 계기가 되었다. 그는 '좋은 사람이 좋은 세상을 만든다'는 일념으로 심혈을 기울여 사람교육에 평생을 바쳤다. 우리나라를 경제대국으로 발전시키고, 선진 문화강국으로 우뚝 세울 방법이 무엇인가를 늘 고민했었고, 자원빈국인 우리나라에서 사람만이 희망임을 그는 확신했다. 그 꿈을 이루기 위해 1975년에 순수 민간기구인 '인간개발연구원'을 설립하여 다양한 CEO 경영교육 프로그램을 운영해 왔다. 쉽지 않은 길을 꿋꿋하게 지켜온 우리 사회의 보물이었다.

교육은 새벽 7시에 조찬모임으로 진행했다. 교육대상자들이 업무에 바쁜 CEO들이기 때문이다. 일과시간에 지장이 없도록 새벽잠을 깨운 것이다. 이후 많은 유사한 조찬모임들의 모델이 되었다. 강사는 이론과 실무 분야에서 최고 전문가들이 초청되었다. 강의 내용은 기업경영에서 산전수전을 겪은 CEO들의 성공사례도 있었고, 아직 국내에는 파급되지 않은 최신 경영이론도 있었다. 정부 고위인사들의 정책설명도 있었고, 경우에 따라서는 정치인들의 비전과 선거공약 설명도 있었다. 학교에서는 담당하기 어려운 다양한 내용의 사회교육이었다. CEO들에게는 기업경영에 실질적으로 피와 살이 되는 보약이었다. 이러한 공부방식은 점차 파급되어 많은 민간단체와 대학에서도 CEO최고위 과정을 운영하여, 우리나라 특유의 기업인 공부 문화를 만들었다. 이렇게 그는 우리나라 CEO들의 경영실력 혁신과 우수 경영기법 파급, 그리고 기업 간의 상생협력 분야에 획기적인 기여를 하였다.

세상에는 많은 나라들이 있지만, 우리나라처럼 가장 가난한 나라에서 두 세대 만에 이렇게 부유한 나라로 발전한 나라는 없다. 물적 자원은 너무나 빈약했다. 우리 국민들의 헝그리 정신과 '하면 된다'는 도전정신, 그리고 지도자들의 뛰어난 비전이 있었기에 가능했다. 결국은 사람자원의 승리였다.

장만기 회장은 일찍이 더 좋은 세상을 만들려면 더 좋은 사람들이 필요하다는 것을 꿰뚫어 보았다. '인간개발'이라는 용어에 이미 꿈이 서려있다. 기업이나 국가가 더 발전하기 위해서는 계속 실력 있는 좋은 구성원들이 충당되어야 한다. 그것이 발전의 요체이다. 현대 경영학의 아버지로 불리는 피터 드러커도 기업의 미래를 결정하는 것은 기술이나 자본이 아니라 사람이라는 것을 역설하였다.

장만기 회장은 '사람경영'의 전도사였다. '사람은 하나님의 형상을 닮은 존재'로 창조능력을 가진 '사람'은 자원 중에서 최고의 자원이고, 기술 중에서 최고의 기술이라 주장

했다. 그래서 우수한 '사람'을 만들어 내는 기술이야말로 기업발전의 핵심임을 CEO들에게 심어주고, 체계적으로 훈련을 시켰다. 그는 지방자치단체 등 정부부문에도 이 정신을 확장하였다. 주식회사 장성군 개념은 정부부문 혁신의 좋은 사례가 되었다.

최근 많은 사람들이 우리나라의 장래를 걱정하고 있다. 내부적으로 우리나라는 발전의 한계에 직면하고 있는데, 바깥세상은 4차 산업의 혁명이 소용돌이치고 있다. 직면한 이 위기를 극복할 수 있는 수단은 특정 자원이나 기술이 아니다. 가장 강력한 핵심 수단은 다시 한 번 '사람'이다. 장만기 회장이 품어왔던 국가발전의 핵심인 '사람'을 다시 상기하게 되는 시점이다.

인간의 향기를 느끼게 해 주신 회장님

채 욱 경희대학교 명예특임교수

제가 평소에 맘속 깊이 존경하던 어른께서 세상을 떠나셨습니다. 우리의 삶을 따뜻하게 감싸 주시며 인간의 존엄성과 인재육성의 중요성을 일깨워 주신 인간개발연구원 장만기 회장님의 영면을 애도합니다. 고인은 인간중심의 사회를 구현하겠다는 일념으로 인간개발연구원을 창설하시고 거의 반세기 동안 삶의 지혜와 가치를 우리에게 몸소 실천하며 일깨워 주셨습니다.

제가 고인을 처음으로 만나 뵌 것은 1990년대 중반 무렵이었지만, 보다 자주 교류하고 대화를 나누기 시작한 것은 2008년 대외경제정책연구원장으로 취임한 이후이니 비교적 최근의 일입니다. 특히, 2018년 제4차 한러대화 포럼 참석차 러시아 모스크바에 함께 출장을 갔을 때에는 개인적인 이야기뿐만 아니라 인간개발연구원의 설립취지와 발자취 그리고 그분의 인생철학에 대해서 자세히 들을 수 있었습니다. 그분의 애국심과 인간다운 면모를 고스란히 느끼고 진심으로 깊은 존경심을 갖게 된 계기였습니다. 그렇게 교육사업에 대한 고인의 순수한 열정과 철학을 가슴으로 느낀 지 불과 반년 만에 병상에 누우시고 결국 일어나지 못하셨으니 더욱더 비통하고 안타까운 마음을 금할 길이 없습니다.

고인을 아는 모든 분들이 그러하시겠지만, 그분의 밝고 환한 미소와 겸손하고 소탈하셨던 모습은 제 기억 속에 깊숙이 자리 잡고 있습니다. 인간의 향기를 느끼게 하는 고인의 인품이 40여 년 동안 인간개발연구원을 성공적으로 이끌어 오신 리더십의 원천이었을 것입니다. 우리는 과거 물질적 양적 성장을 추구하면서 바쁘게만 달려왔기에 인간

내면적 가치의 중요성을 자주 망각하곤 했습니다. 그렇기 때문에 '좋은 사람이 좋은 세상을 만든다'는 신념으로 인재 육성에 온 정성을 쏟으신 고인의 업적이 한층 빛나는 것이라고 생각합니다.

인간 장만기 회장님은 홀연히 세상을 떠나셨지만, 그분의 삶은 분명 성공적이었습니다. 고인께서 인간개발연구원을 통해서 지피신 불꽃이 여전히 환하게 타오르고 있기 때문입니다. 대한민국을 세계경제대국이자 문화강국으로 만들고자 하신 고인의 꿈이 실현되는 흔적을 우리는 많은 곳에서 확인할 수 있습니다. 지식과 지혜를 공유하는 시공간을 열어서 기업인들의 세상 보는 안목을 넓혀 주는 그분의 선각자적 지도력은 장차 우리 삶의 질뿐만 아니라 국격을 높이는 데에도 크게 기여할 것입니다.

그분이 남기신 인간개발의 큰 뜻과 유지가 잘 이어져서 사람이 중심 되는 더 훌륭한 세상이 만들어지기를 기대합니다. 이제 하늘나라에서 편안하게 후대의 활동을 지켜보면서 흐뭇한 미소를 지으실 수 있기를 간절히 소망합니다.

- 3장 -

자문위원 & 회원사

인재개발의 별이셨던 회장님 영전에

가재산 피플스그룹 회장

먼저 인재개발과 인간존중 경영에 큰 별이 되시고 경영자 교육에 길이 빛나는 역사를 만들어 오신 회장님 영전에 깊은 애도를 표합니다.

저는 사원시절부터 "기업은 곧 사람이다"라는 이병철 회장님의 인재제일人材第一과 사업보국事業報國이라는 경영철학을 삼성에서 보고 듣고 배웠습니다. 퇴직 후에도 계속 인재를 키우는 인재개발관련 사업을 해오면서 보아왔기에 회장님의 삶은 위대했고 교육분야에 종사하는 많은 사람들에게 큰 귀감이 되었던 것 같습니다.

제가 인간개발연구원에 인연이 된 것은 20여 년 전 '주 5일 근무제' 관련 포럼 시 좌장을 맡게 되어 회장님을 한번 뵙고 인사를 드려야 되겠다고 생각해서 사무실을 찾아가 뵈었을 때입니다. 그때 제일 놀란 것은 '좋은 사람이 더 좋은 세상을 만든다'는 대단한 철학을 가지고 사업을 하고 계시다는 사실에 감명을 받았고, 회장님의 그 인자하신 모습과 자본과 자원이 없는 우리나라에서는 '좋은 인재를 키워야 미래가 있다'는 사명감과 열정을 가지고 노력하시는 모습에 감복을 했습니다.

이후에 인간개발연구원을 위해서 힘이 되고자 작은 노력을 해보았지만 늘 부족했습니다. 사실 인재개발이나 교육 업무는 사명감 없이는 할 수가 없는 일이고 수익성이 낮기 때문에 헌신이 없이는 불가능한 사업이라고 생각을 하고 있습니다. 교육의 불모지에서 회장님께서 크고 작은 위기와 어려움을 극복하시며 그동안 46년 이상을 해 온 것은 참으로 대단한 일입니다.

특히 인간개발연구원의 위대한 업적의 하나는 경영인을 위한 대표적인 조찬모임인 '경영자연구회'입니다. 전국 방방곡곡에서 이루어지고 있는 새벽 조찬회가 과다하다는 이야기가 나올 정도로 지방대학이나 도시에도 확산되었습니다. 기업에 경영자를 키우고 육성해야 한다는 사명감으로 시작하신 큰 족적이라고 생각합니다.

전쟁의 폐허 속 겨우 60불대의 최빈국에서 3만 불이 넘는 경제대국으로 발돋움하였고 남들이 부러워하는 자랑스런 나라로 발전해오는 데 인재개발이 견인차 역할을 했다는 측면에서 본다면 회장님의 큰 업적은 길이 대한민국 역사에 남을 것입니다.

이제 대한민국이 'Fast follower'로서의 강자가 아니라 'First mover'로 세계 강국이 되기 위해서는 앞으로도 인재양성이 가장 중요한 과제의 하나입니다. 더구나 디지털 혁명과 스마트 시대에는 여기에 걸맞는 디지털 리더십은 물론 디지털 역량을 갖춘 인재육성이 더 큰 과제가 되고 있습니다. 회장님께서 떠나신 빈자리는 너무나 크지만 많은 분들의 성원과 지원 속에서 지속 발전하기를 기원합니다. 일본 속담에 '1년을 생각하면 곡식을 심고, 10년을 생각하면 땅을 사고, 100년을 생각하면 사람을 키우라.'고 했습니다. 앞으로 인간개발연구원이 자랑스런 대한민국의 100년 대계를 위해 계속 인재개발의 산실이 되고, '세상은 사람이 바꾸지만 인간을 바꾸는 것은 교육이다.'라는 숭고한 회장님의 경영철학이 널리 전파되어 '더 좋은 사람 더 좋은 세상'이 펼쳐지기를 기원합니다.

아름다운 사람, 당신이 희망입니다

『아름다운 사람, 당신이 희망입니다』는 이처럼 대한민국을 움직이는 사람들에게 인간개발이라는 가치를 전파한 인간개발연구원의 장만기 회장의 회고록이다. 이 책은 무엇보다 대한민국을 대표하는 리더들이 보여준 그들만의 가치와 인간개발의 중요성을 소개하며 인간개발이란 인간성 회복, 세계의 평화, 인류의 번영, 인간의 행복이라는 단어에 함축된 의미의 가치라는 점을 강조한다. 자기 자신이 바로 자본이라는 것이다.

이 시대의 사명인, 장만기

공한수 Big Dream & Success 원장

사명이 없는 인생은 존재의 이유도 모른다. 사명이 있는 사람은 삶의 의미를 안다. 사명을 발견한 사람은 삶의 의미를 안다. 사명을 발견한 사람은 활력과 열정과 희망을 갖는 비결의 소유자가 된다. 사람은 저마다 할 일을 가지고 태어난다. 그냥 할 일 없이 빈손으로 이 세상에 오는 것이 아니다. 사명을 깨닫고 사명을 행하는 사람은 행선지가 분명하여 가장 행복한 삶을 사는 것이다. 각자에게 맡겨진 일이 따로 있는데 자기가 할 일이 무엇인지 모르고 사는 삶은 부평

초 같은 삶이 되는 것이다. 사명을 가진 사람에 의해 새로운 세상이 열리고, 사명을 깨달은 사람은 신과 같은 초월적인 힘을 발휘한다. 사명은 누구나 가지고 태어나는 것이다. 말하자면, 아프리카에서 신화를 남긴 슈바이처, 덴마크 중흥의 할아버지로 불리는 그룬트비처럼 한 사람의 사명이 세상을 바꾼다. 바로 우리나라 조찬문화 창조를 선도한 장만기 청년이야말로 바로 그런 사람이 아니겠는가? 칼 힐티Karl Hilty는 사명에 대하여 이렇게 말을 하였다. "생애에 최고의 날은 자기 인생의 사명을 자각하는 날이다." 이처럼 사명을 제대로 아는 것이 힘든 일이며 사명을 완수하는 일은 매우 숭고한 가치를 지니게 되는 것이다. 통치자나 리더가 자기 할 일을 제대로 모르는 만큼 불행한 일은 없을 것이다.

공자는 "부지명 무이위군자야不知命 無以爲君子也 천명을 알지 못하면 군자가 될 수 없는 것이다."라고 말씀하셨다. 군자는 자기가 무엇을 해야 되는지 천명을 알아야 한다는 것이다. 보통은 자기 할 일을 가지고 태어났는데도 그것을 모른 채 무시하면서 삶을 살고 있다. 그런 관점에서 보아도 장만기는 분명 이 시대의 군자이다.

장자는 "인지불학, 여등천이무술, 학이지원, 여피상운이 관청천, 등고산이망서예人之不學, 如登天而無術, 學而智遠, 如披祥雲而覩青天, 登高山而望西海"라고 말했다. "사람이 배우지 않으면 마치 하늘에 올라서도 아무런 술수가 없는 것과 같으며, 배워서 지혜가 심오하면, 마치 상서로운 구름을 헤치고 푸른 하늘을 바라보며 높은 산에 올라 세상을 바라보는 것과 같다."라고 하였다.

무역이 살길이라는 기치 아래, "사업하기 바쁜데, 무슨 조찬 공부야."라고 생각하는 사람이 많던 그 시절, 장만기 회장은 CEO일수록 더 많이 알고, 경영 노하우를 배워 기업경영도 잘하고, 세계를 미래지향적으로 보는 안목이 누구보다 더 필요하다는 것을 절감하고, 돈이 안 되는 교육사업에 일생을 바쳤다. 진정한 교육사업은 계속 돈을 갖다 부어야 한다.

인간은 간적존재라 누가 누구를 만나느냐에 따라 인생이 놀랍게 변한다. 장만기는 세계적인 교육 LMI 교육 창시자 폴 마이어와의 만남으로 인생 전환점을 맞는다. 장만기 회장님의 제의로 나는 LMI 교육사업에 여러 해 동안 열정을 쏟았다. 2003년 3월에 미국 San Antonio에서 90여 개국이 참여하는 LMI World Convention 대회가 열렸는데, 장만기 회장님, LMI Korea 엄경애 사장님과 공한수 부부가 참여했다. 참여해 열정적인 강의와 뜨거운 토론을 통해 많은 것을 배우고, 경험한 그 기억은 어찌 잊을 수가 있으랴?

우리나라 70년대 초중반만 해도 여러 가지 환경들이 무엇 하나 여의치가 않았다. 그런 환경 속에서 30대 후반의 젊은 장만기는 자기의 사명이 무엇인지 깨닫고 고해 바다로 용감하게 뛰어 들었다. 나라가 발전하기 위해서는 경영자가 먼저 많이 알고 먼저 실행하는 것이 그 무엇보다도 중요하다는 사실을 안 교육의 대선각자다.

언어 예술의 천재인 쇼펜하우어는 "천재는 미치광이고, 위대한 사람은 고독하고, 예술인은 가난하다."라고 말했다. 이 말처럼 어찌 보면 장만기 회장은 하는 일에 천재처럼 미치광이였고, 위대한 사람으로 고독했으며, 예술인으로 가난한 삶을 살다 갔을지는 몰라도, 누구보다도 마음은 부자요, 천하를 다 얻은 교육의 위대한 영웅 대선각자였다.

장만기 회장은 누구나 마음의 향기와 인품의 향기가 자연스럽게 우러나오게 하는 정감을 느끼게 하여 만나는 사람마다 감동을 받고 매료가 된다. 그리스 철학자 디오게네

스는 평생을 등불을 들고 참사람을 찾으러 다녔는데, 장만기 회장은 평생 명강사를 찾아다녔다. 몇 달 후에 강사 선정과 주제를 주관하실 때도 그때가 되면 시사적인 것과 잘 맞아떨어져 회원들이 놀란 적이 한두 번이 아니었다. 이는 아무나 흉내 낼 수 없는 탁월성이라고 본다.

장만기 회장님을 뵈러 아내와 같이 갈 때마다 병실엔 막내따님이 있었다. 두 번째 병원에서도 장 회장님과 이런저런 얘기를 나눌 때면 여러 말씀 중에 옅은 미소 띤 얼굴로 "공 박사님 이젠 나도 가야지요." 하시길래 나는 웃으면서 말했다. "회장님은 아직 학생 자격이 없습니다." 이 얘기를 들은 막내따님이 정색을 하며, "아빠가 공부를 얼마나 열심히 하시는데요?"라고 대답했다. 나는 "아~ 그런 뜻이 아니고(중략)" 하고 대답했다. 이때 아내는 엄경애 여사님과 대화 중이었다. 장만기 회장님은 참 행복한 사람이다. 부인은 물론 자녀들 모두 한결같이 서로 간병을 자처하며 지극 정성을 다하고, 자매간에 진정한 사랑을 일깨워 주셨으니 참으로 자랑스러운 일이 아닐 수 없다고 생각한다.

장만기 회장이 더욱 더 빛나게 된 데에는 부인 엄경애 여사의 일생을 한결같은 사랑으로 큰 어깨가 되어준 내조가 큰 몫을 하고 있다고 본다. 정말로 존경스럽다. 마지막에 웃는 자가 승리자라는 말이 있듯이 장만기 회장님은 지구별을 떠날 때 웃으면서 가셨을 것이다. 개인의 삶은 유한有限하나 집단 생명은 무한無限하듯이, 장만기 회장의 유지를 받들어 인간개발연구원이 천년만년 이어지도록 우리 모두 노력을 해 나가자.

장만기 회장님 소천했다는 비보에

아! 하늘이 무너지듯 슬프고 슬프도다.

교육계의 큰 별이신 장만기 회장님 소천을 했구나.

새들도 울고, 하늘도 슬퍼하도다.

내가 만약에 묘비명을 쓴다면 이렇게 써 드리고 싶다.

장만기(1937. 8. 8 – 2021. 1. 7)

조찬문화 대 선각자

좋은 사람 좋은 세상

이름 새긴 교육 영웅

여기에 잠들다.

아름다운 사람,
당신이 희망입니다

권선복 도서출판 행복에너지 대표이사

"좋은 사람이 좋은 세상을 만든다."는 신념과 "미래는 사람에 달려 있다."는 믿음으로, 지난 46년간 인간개발 전도사로서의 소임을 넘치게 해 오셨던 장만기 회장님. 삼가 고인의 영원한 안식을 기원 드리며 이 세상에서 빛과 소금이 되신 삶에 회장님의 선하고 자애로운 미소가 그립습니다.

장만기 회장님은 46년간 대한민국의 새벽을 열어준 조찬 학습문화의 선구자이자 대한민국을 이끄는 리더들에게 인간개발이라는 가치를 전파한 전도사이셨습니다.

장 회장님께서는 특히 경제발전의 견인차 역할을 하는 기업가와 경영자들이 바른 가치관을 정립하고 사람이 기업의 가장 중요한 자산임을 인식함으로써 구성원의 동기 유발을 위해 인간 중심의 기업문화가 필요하다는 것을 일찍부터 주창하셨고, 1975년 순수민간 비영리공익법인인 인간개발연구원을 설립하셨습니다.

1975년 2월 첫 번째로 열린 '인간개발경영자조찬회'는 어느새 2천 30여 회를 기록할 만큼 한국 경영자들의 새벽을 깨우며 수많은 인사들과 유명인들이 거쳐 간 국내 최고의 조찬연구회로 자리매김 하였고, 정치·사회·경제적 격변기 속에서도 수많은 역경을 이겨내고 대한민국을 리더들의 조찬의 나라로 만들어 글로벌 코리아로 도약하는 데 일조하였습니다. 이 모든 것이 장만기 회장님의 반세기에 가까운 강건한 신념과 뜨거운 열정 덕분이었다고 생각합니다.

장만기 회장님과 특별한 인연은 2017년 5월에 1년여 준비하여 출간된 책 『아름다운 사람, 당신이 희망입니다』를 통해 정점으로 맺어졌습니다.

평소에도 '책은 나의 창조적인 협력자'라고 할 만큼 책의 가치를 소중히 여겨주는 분이셨기에, 그러한 장만기 회장님의 올곧은 발자취와 인간개발연구원의 역사를 담은 뜻깊은 책을 도서출판 행복에너지에서 출간하게 되어 개인적으로도 무척 영광이었습니다.

회장님께서는 이 책을 통하여 인간개발연구원의 역사를 뒤돌아보고, 대한민국의 성장을 이끈 참 리더들이 보여준 인생의 지혜를 공유하며, 인생선배들이 부존자원 하나 없는 열악한 환경 속에서 어떻게 난관을 헤치고 나왔는지 그 지혜를 후손들에게 남기고 싶어 하셨습니다.

책을 진행하면서 당시 가장 기억에 남았던 것은 회장님께서 인간개발연구원에서 강의를 해주신 약 2,000명의 강사 중 52명을 선정하는 작업을 하실 때였습니다.

한 분 한 분을 소중히 여기며 강사로 모셨기 때문에 어느 분은 넣고 어느 분은 빼기가 너무 힘들다고 고심에 고심을 거듭하시는 모습을 보며, 정말로 회장님께서 사람과 사람 그리고 그 인연들을 귀하고 소중히 여기심을 느낄 수 있었습니다.

그렇게 집필하시는 내내 '아직도 꿈을 꾸는 팔순 청년'답게 진심으로 열과 성을 다하셨고, 조금이라도 부족함이 없도록 쓰시고 고치시고 쓰시고 고치시고를 반복하여, 마침내 책이 출간되었을 때는 어린아이처럼 기뻐하시며 활짝 웃으시던 회장님 모습이 아직도 생생합니다.

『아름다운 사람, 당신이 희망입니다』이란 책의 제목처럼 장만기 회장님이야말로 아름다운 사람이자 더 좋은 대한민국을 만들어 가는 희망이셨습니다.

대한민국의 발전은 사람이 이루어 냈다고 해도 과언이 아닙니다. 이런 사람들을 만드는 것이 바로 인간개발입니다. 회장님께서는 언제나 경영자는 늘 배우고 정진하며, 올바른 가치관으로 사람을 보는 눈을 길러야 한다고 강조하셨습니다. 기업인뿐만 아니라 대한민국의 모든 리더들이 평생학습, 사람이라는 자원의 중요성을 깨닫고 온몸으로 깨달음을 내비칠 수 있을 때 비로소 찬란하게 빛나는 발전을 맞이할 수 있을 것이라던 회장님 말씀을 다시 한 번 되새겨 봅니다.

비록 곁에 계시지는 않아도 회장님의 신념 'Better People Better World'는 수많은 이들의 가슴 속에서 영원히 빛날 것이고, 회장님께서 남겨놓으신 사람이라는 희망에는 더 많은 꽃이 피고 더 많은 열매가 열릴 것임을 믿어 의심치 않습니다. 부디 천국에서 영면하시고 인간개발을 위하여, 좋은 사람 좋은 세상을 위하여, 대한민국을 위하여 보살펴 주시길 기원 드리겠습니다.

아름다운 만남, 새벽을 깨우다

이 책 『아름다운 만남, 새벽을 깨우다』는 한국인간개발연구원 창립 45주년을 맞아 연구원을 통해 새로운 인연을 맺고, 자신은 물론 뜻을 같이하는 사람들과의 연결과 발전을 경험한 60명 저자의 인생과 생각, 그리고 시대정신이 담긴 책이다. '인간개발연구원'이라는 이름 아래 모인 다양한 성별, 연령, 직업, 생각을 가진 사람들의 글을 통해 인간개발연구원이 지향하는 사회 비전과 선한 영향력을 한껏 느낄 수 있을 것이다.

최고경영자 20만 명에게 바른 길을 제시하셨다

김봉중 한국시니어블로거협회 회장

회장님 영면 후 첫 경영자 연구회인 2021년 1월 28일 조찬회는 2032회 차였다. 코로나COVID19 사태로 인해 참석 인원이 제한되어서 을지로1가 서울롯데호텔 36층에는 50명밖에 참석할 수 없었다. 인간개발연구원의 회장단, 이사진, 정회원만 해도 회원이 200명이 넘기 때문에 이 자리를 양보하고 '라이브로 동영상을 시청하는 열공 회원은 몇 명쯤 될까?'를 잠시 생각해 보았다. 아무리 줄여도 50명은 될 것 같다. 아침 7시에 여는 2,000여 회의 조찬회에 1회당 최저

100명이 참석해 온 것이다. 내가 새벽을 깨우며 처음으로 참석했던 20여 년 전의 조찬회에도 실제로 언제나 100명 이상이 붐볐다. 당시에는 조선호텔과 롯데호텔을 교대로 이용했었다.

20여 년 전 나는 예금보험공사 자금공여로 운영되고 있는 금융기관의 임원이었다. 회사의 대표이사를 비롯한 고위직 임원은 전원 외부에서 와 있었다. 기존에 선임된 임원으로서는 최고위 위치인 나로서는 이들과 경영의사 결정을 할 때마다 갈등이 심했다. 이즈음에 행운으로 인간개발연구원 조찬회에 참석하고 있던 나는 나름의 열공(?) 덕분에 지혜롭게 그들과 경영을 의논할 수 있었다. 회사는 정상화되었고 새 주인과도 함께했지만 돌이켜보니 회사를 떠나온 지 벌써 17년이 넘었다.

장만기 회장님, 엄경애 사모님, 양병무 원장님, 장소영 상무님, 한영섭 원장님과의 깊은 인연은 지난 17년간에 쌓였다. 오너가 아니어서 언젠가는 기업을 떠나야 하는 기업의 임원이 퇴직 후에도 계속 조찬회에 참석하는 경우는 드문데 바로 내가 그렇다면서 회장님과 양병무 원장님이 여러

면에서 특별한 관심과 사랑을 보여 주셨다. 덕분에 사모님과 상무님, 현재의 한영섭 원장님에게서까지 과분한 보호를 받고 있다. 내가 2015년에 사단법인 한국시니어블로거협회를 창립하여, 현재 어떠한 외부기관의 도움도 없이 2천여 명의 회원들과 함께 서울시에 등록한 비영리 민간단체로서 활동을 할 수 있는 것은 순전히 장만기 회장님으로부터 받은 정신교육의 힘인 것 같다.

회장님이 2년 전에 쓰러지신 후에 나는 회장님을 한 번도 뵙지 못했지만 누구보다 깊게 회장님의 쾌차를 기도해왔다. 2020년 말에 졸저『일과 친구가 있는 작은 세상』을 출간하여 60권을 연구회 회원들에게 나누어드린 것도 회장님의 큰 뜻 'Better People Better World'에 작은 손이라도 얹으려는 마음이었다. 회장님의 황급한 떠남이 무한히 슬프다.

회장님이 얼마나 많은 Better People을 남기고 가셨을까? 직접 실행에 옮기신 교육과 사랑의 폭이 넓고도 넓어서 헤아릴 수가 없다. 줄여 잡아도 수백만 명은 될 것 같다. 할 수 없이 45년간 2031회의 경영자 조찬회에 참석했던 우리나라 최고경영자, 기업인의 연인원만을 어림해 보니 1회당

100명×2,031회=20만 3,100명이다. 이제는 하나님의 품 안에서 평안하시길 기도한다.

하늘나라에 가신 장만기 회장님을 기리며

김용범 한국산업기술대학교 경영학부 교수

본시 추운 날씨인 겨울에 연세 드신 분들의 부음이 평소 때보다는 많이 들리곤 합니다만, 2021년 신축년 연초부터 지인 분들의 주변 분께서 별세하신 소식이 들리는 가운데, 장만기 회장님의 소천 소식을 듣고 哀傷에 빠졌습니다.

편찮으시다는 말씀을 듣고, 가 뵌다는 생각에 가끔씩 뵈었던 일원동에 거주하실 때, 댁 부근에서 장 회장님과 즐겨하시던 반주 잔을 함께 비우던 일들, 연구원이 우체국건물에 오랫동안 있었던 시절에 회장님을 탐방했던 기억과 대치동 휘문고 앞으로 사무실을 이전하셨을 때, 그리고 양재동으로 이전하셔서 사무실로 찾아뵈었을 때, 항상 청년처럼 왕성하신 활동을 하시면서 노구이심에도 지하철을 주로 이용하시는 밝은 표정의 장 회장님을 이제 뵈올 수 없다니, 저로서도 인생무상을 느낍니다. 더욱이, 2008년 추석 때 총각인 저에게 혼자 있는데 뭐 하냐고 시간이 되면 함께 몽골에 가자고 하신 제안에 선뜻 응하고는 회장님과 단둘이서 몽골인사 초청 여행길에 나서서 있었던 여러 추억을 담은 사진첩을 꺼내보고는 더욱더 인생무상이라는 느낌이 새삼스럽고도 강하게 또한 슬프게 느껴지는…. 이 글을 쓰는 오늘은 마침 눈이 펑펑 오는 겨울 오후입니다.

평소에 존경하는 이영석 회장님을 통해 장 회장님께서 자택을 용인 수지로 이사하셨다는 말씀을 듣게 되어 장 회장님을 찾아뵈면 반가워하실 텐데 하는 마음으로 가 뵌다는 것이 숙제였는데, 그만 장 회장님께서 별세하셨다는 소식을 다른 지인을 통해 1월 10일 오전 11시에 카톡문자를 통해 알게 되었고, 이영석 회장님께 그날 확인문자를 드렸더니, 이미 장례까지 마치셨다는 말씀과 사모님과 함께 조문을 다녀오셨다는 말씀을 주신 이영석 회장님께 "어휴,

저한테 좀 알려 주시지 왜 안 알려주셨는지." 오히려 넋두리를 드리는 결례를 드려 죄송합니다. 장소영 상무님에게도 아쉬운 생각도 들었습니다. 1월 7일 별세하셨으며, 회장님 가시는 길에 제가 인사도 못 드려서 대단히 죄송합니다. "좋은 사람이 좋은 세상을 만든다"는 신념으로 이 세상에서 좋은 일을 많이 하신 장 회장님, 천국에 가셔서 편안히 잘 계실 것을 생각하며, 슬픈 마음을 달래보겠습니다.

장 회장님께서는 한국 최초로 최고경영자 과정을 만드신 장본인이시고, 여러 경영자들의 교육을 통해 인간개발이라는 계몽운동을 펼치셨으며, '주식회사 장성군'의 스토리를 만드셨습니다. 대한민국을 혁신할 장성군의 스토리는 현재도 많은 지자체의 변화를 견인하고 있습니다. 제가 세계경영연구원 최고경영자과정IGMP을 2005년에 나온 이래, 한국판 마쓰시타인 정경의숙을 해보시도록 제안도 드렸었고, 그러한 큰 과업을 뒤로하신 채 천국으로 가셔서 안타깝기 그지없습니다. 젊은 사람하고도 항상 소통이 되시는 장 회장님을 잃은 것은, 좋은 분들이 함께하여 좋은 세상을 만드는 데 큰 힘이 되시는 좋은 지도자를 잃은 것입니다.

회장님, 천국에서 영면하시옵소서!

고(故) 장만기 회장 영전에

김창송 성원교역 회장

아침 10시 15분 지금쯤 당신의 영정 앞에 수북이 쌓인 흰 국화가 따뜻히 보듬어 주실 것입니다.

지난해 세 번째 찾아갔던 날 애기 같은
해맑은 미소를 잊을 수 없습니다.
어찌 그리 빨리 가셨나요.

다음 차례는 이 사람인데.

소크라테스 같은 깊은 사색,

항상 미래에 살던 그 꿈 많던 정신적 지도자, 일본이 부러워하던 조찬연구회 개척자. 온 백성을 좋은 사람으로 만들어 좋은 이 나라를 만들겠다는 그 꿈을 어찌 버리고 가셨나요.

고흥의 두메산골에서 태어났어도 수재로 늘 일등만 하던
하늘이 내리신 메신저였기 때문일까.
폭설이 가는 길을 예비하신 것인가요.

언젠가는 또 만날 것이니
부디 몸조심이나 하시게~

이른 새벽을 흔들며 깨워 주신 님께

김희정 원코리아 이사장

존경하는 인간개발연구원의 장만기 회장님께서 돌아가셨다는 비보를 듣고 철커덩 내려앉은 가슴이 아직도 먹먹하게 아려옵니다.

46년을 한결같이 달려오시면서 늘 겸손하시고 늘 인자한 모습으로 맞아주시던 회장님. 많이 바쁘신 분께서 제가 대표를 맡고 있는 원코리아 행사에도 직접 참석해 주시고 격려해 주시던 모습이 아직도 생생하게 떠오릅니다.

『아름다운 사람, 당신이 희망입니다』라는 회장님의 자서전을 다시 꺼내 읽어보면서 회장님을 그려보고 있노라니 그때의 감동이 다시 사무쳐 옵니다.

"좋은 사람이 좋은 세상을 만든다"는 철학으로 한평생 우리나라의 발전을 이끌어 오신 분. 대한민국의 국격을 높여 주신 분.

장 회장님께서 인간개발연구원을 만드시고 국내 첫 조찬 모임을 시작하신 날부터 수많은 사람들이 이른 새벽을 흔들며 모였습니다. 그것은 그만큼 가치 있고 깊이 있는 교육을 통해서 자신들이 성장하는 큰 변화를 느꼈기 때문일 것입니다.

회장님은 떠나가셨지만 고귀한 회장님의 뜻은 저희들 가슴에 늘 남아 있을 겁니다. 그리고 인간개발연구원을 통해서 영원히 이어질 겁니다.

회장님. 평안하고 영생의 기쁨이 넘치는 천국에서 편히 쉬소서….

내 영혼의 베아트리체

배연국 세계일보 논설위원

어제 그분이 가셨다. 그분은 여전히 국화꽃 속에서 하얗게 웃고 있었다. 나는 인간개발연구원의 회장 장만기를 딱 두 번 만났다. 2018년 11월 9일 도산 안창호 탄신 140주년을 기념하는 행사장에서 장 회장을 처음 뵈었다. 흰 국화꽃보다 순백한 웃음으로 나를 맞아주셨다. 닷새 후 예술의 전당 음악회에서 만면에 미소 띤 그분을 다시 뵈었다. 맞잡은 그분의 손에서 진한 온기가 전해졌다. 두 달 뒤 새해맞이 저녁 행사에서 다시 뵐 기회가 있었으나 그분의 모습이 보이지 않았다. 전화를 걸었더니 수화기 저편으로 따님의 울먹이는 목소리가 들려왔다. "오늘 점심 식사 중에 뇌출혈로 쓰러져 지금 병원 중환자실에 계세요." 세 번째 만남은 끝내 이뤄지지 못했다.

나는 장 회장을 존경한다. 진실한 인간관계는 만남의 횟수나 기간에 있지 않다. 대시인 단테도 생전에 베아트리체를 두 번 만나고도 지고한 사랑을 후세에 전하지 않았던가. 아홉 살 때 베아트리체를 처음 본 단테는 그녀에게 영혼을 송두리째 빼앗겨버렸다. 9년 후 꿈에 그리던 그녀를 길에서 우연히 다시 보았다. 하지만 그녀는 다른 사람의 아내가 된 후였다. 세 번째 만남은 없었다.

내가 장 회장을 존경한 것은 그분에게서 순수한 영혼이 느껴졌기 때문이다. 그분의 웃음은 천사처럼 맑다. 장 회장은 매일 세 가지를 기도한다. 첫째는 세계의 평화, 둘째는 나라의 번영, 마지막 셋째는 사람들의 행복이다. 그분은 "한 사람이 지니고 있는 생명의 가치는 천하를 주고도 살 수 없다."고 늘 입버릇처럼 말했다. 이렇게 소중한 생명을 포기하지 말고 서로 짓밟지도 말라고 당부했다. "어떤 어려움에 처하더라도 인생은 멋지게 한번 살아볼 만한 가치가 있어요." 그분이 인간개발연구원이라는 이름을 내걸고 1975년 국내 첫 조찬모임을 시작한 이유이다. 그분을 통해 수많은 사람들이 새벽을 깨웠고, 나 자신도 소중한 분들을 만날 수 있었다.

그분은 삶의 발걸음을 함부로 내딛지 않는 선비였다. 조선 후기의 선비 이양연은 이런 글을 남겼다. "눈 덮인 들판을 걸어갈 때 어지러이 함부로 걷지 마라. 오늘 내가 걸어가는 이 발자취가 뒷사람의 이정표가 될 터이니." 흔히 서산대사의 선시로 잘못 알려진 이 시는 백범 김구에게 삶의 이정표가 되었다. 장 회장은 함부로 발걸음을 걷는 이들이 즐비한 세상에서 어떻게 걸어야 하는지를 보여준 내 삶의 이정표였다. 나의 베아트리체였다.

사실 단테와 베아트리체의 만남은 두 번이 전부가 아니다. 세 번째 만남은 천상에서 이뤄졌다. 단테는 자신의 대서사시 '신곡'에 그녀를 등장시켰다. 베아트리체는 그런 단테에게 영혼의 길잡이가 되어 천국의 길을 안내했다.

인간은 우주적인 존재이다. 한 인간이 죽는다는 건 하나의 우주가 사라지는 것과 같다. 어제는 그분의 우주가 닫혔다. 언젠가 나도 이승을 떠날 것이다. 그때 나는 천국에서 그분과 세 번째 만남을 가질 것이다.

부디, 영면하소서!

내 영혼의 베아트리체여.

행복하시다

손창배 키스톤 프라이빗에쿼티 대표

자식이 부모에게 하는 평생 효도의 대부분은 태어나서 옹알이를 할 때부터 유치원에 들어갈 때까지라는 말이 있다. 부모는 자식의 그 효도에 대한 행복한 기억 때문에 그 '애물단지'를 평생 예뻐하고 바라다보고, 뒷바라지한다는 말이 있다. 옹알이를 하면서 부모와 눈맞춤하고, 부모의 사소한 표정에도 반응하며 부모만을 바라보는 것이 여간 행복한 것이 아니다. 성장하면서 자신의 삶을 영위해야 하는 자식의 입장에서 이제 부모의 눈짓에만 반응할 수 없다는 것을 부모도 알기에 더 이상 '효도'를 기대하지는 않는다. 그래도 부모는 자식들 잘 사는 것을 행복으로 위안 삼는다.

오늘 아침 용인 평온의 숲에서 영원한 안식을 찾으신 고故 장만기 회장님은 행복하신 분이시다.

지난 2년간 병석에 계시면서, 다섯 따님들의 따뜻한 보살핌으로 행복한 시간을 보내셨다 한다. 셋째인 장소영 상무는 이 시간을 이렇게 기억한다. "일 이야기 하나도 안 하고, 사랑한다는 말씀을 정말 많이 했다."

병석에 계시면서 언제나 자신과 눈맞춤하는 따님들과 대화하고 사랑을 나누고, 이제는 자신의 옹알이를 들어주는 자식과 눈맞춤하셨으니 진정 행복하셨을 거다. 평생을 그 따뜻한 품성과 교육 이바지의 길로 행복하셨을 테지만, 이제 이생에서의 마지막 기억이 자식들과의 '사랑한다'는 행복한 기억으로 영면하셨을 테니, 고故 장만기 회장님은 행복하시다.

사랑하는
장만기 회장님을 기리며

심윤보 아띠글로벌 대표이사

회장님, 심윤보입니다.

인간개발연구원 멤버의 막내에 해당하지만 제가 회장님을 존경하고 사모해 온 마음은 다른 선배 기업인 분들 못지않을 것입니다.

회장님께서 지난 46년의 시간 동안 대한민국 최초의 CEO 조찬회를 만드시고, 이어 오시면서 많은 기업인들과 후배들에게 베풀어 주셨던 따뜻한 마음을 잊을 수 없습니다.

선배 기업인 분들의 뒤를 이어갈 젊은 기업가들을 위한 장을 펼치시기 위해 5년 전 비즈덤BiZDom: Business + Wisdom의 창립 멤버로 참여하면서 감사한 마음과 함께 더 배우고, 더 널리 회장님의 뜻을 알리고 싶은 마음이 들었답니다.

이는 어느 누구에게나 온화한 미소로 대해 주시고, 좀 더 나은 세상을 이룩하기 위한 의지를 가지신 회장님과 같은 사람이 되고자 하는 생각과 다르지 않음이었다고 생각합니다.

하지만 영면에 드시는 회장님을 생각하면서 과연 저는 초심에 부끄럽지 않은 시간을 지내 왔는가 돌아보는 계기가 되었습니다.

지난 46년의 소중한 역사에 부족하지 않고, 나아가 'Better People, Better World더 나은 사람이 더 나은 세상을 만든다'의 숭고한 뜻을 이어 받아 자랑스러운 100년에 이를 수 있도록 인간을 진정 사랑하셨던 회장님을 잊지 않고 새기겠습니다.

회장님,

2017년 6월 평창과 동해 방문 행사에서 부족한 저의 손을 따뜻하게 잡아 주셨던 순간을 잊을 수가 없습니다.

사업 초기에 많은 것들이 모자랐던 저에게는 무언가 형

용할 수 없는 세상에 대한 믿음이 생기는 느낌이 들었기 때문입니다.

또한, 끝없이 공부하시는 회장님을 뵈면서 죽을 때까지 성장하는 인생을 살아야겠다는 다짐도 하게 되었습니다.

회장님의 지치지 않는 열정과 인간과 세상을 품으시는 마음은 어디에서 비롯된 것일까라는 생각도 많이 해 보았습니다.

'어떻게 이렇게 깊고도, 따뜻할 수 있을까?'라는 생각의 끝에는 바로 '사랑'이었습니다.

진정으로 자신의 삶을 사랑하시기에, 모든 것을 사랑하실 수 있으신 게 아닐까라는 생각이었습니다.

지난 삶에 후회가 없으셨다면 어불성설이겠지만, 그래도 한 순간 한 순간을 최선을 다해 회장님의 삶을 사랑으로 일관하시면서 걸어오신 길이셨기에 많은 분들의 가슴과 기억에 남아 앞으로도 남은 자後生들에게 귀감으로서, '큰 바위 얼굴'로서 영생永生하시게 되실 것이라 감히 생각해 봅니다.

회장님,

이제는 더 이상 뵐 수는 없지만, 회장님의 따뜻한 온기는 저를 비롯한 연구원 가족들과 사회에 이어져 더 나은 세상을 만들어 가는 데에 함께하시리라 믿습니다.

'백세이사성인이불혹百世以俟聖人而不惑', 백세 뒤의 성인을 기다려 물어보더라도 의혹이 없을 것이다.

중용 29장에 나오는 이 문구가 회장님의 지난 시간에 대한 찬사로 여겨지기를 바라며, 아픔 없는 곳에서 편안한 마음으로 저희들을 지켜봐 주시기를 바랍니다.

사랑합니다. 회장님.

존경하는 장만기 회장님께 드리는 추모의 글

양병무 행복경영연구소 대표

이렇게도 빨리 저희들의 곁을 떠나가시다니요!

하늘이 무너지는 것 같은 슬픔과 충격을 누를 길이 없어 그저 야속한 하늘을 원망해 볼 뿐입니다. 회장님은 "좋은 사람이 좋은 세상을 만든다."는 철학으로 46년을 한결같이 달려오셨습니다. 새벽을 깨우는 사람들, 공부하는 경영자 모임, 평생교육의 산실, 사회교육의 원조 등 회장님께서 우리 사회에 끼친 영향과 성과는 필설로 다 형용할 수가 없습니다. 『아름다운 사람, 당신이 희망입니다』라는 회장님의 자서전이 더욱 우리의 가슴에 사무침과 그리움으로 다가옵니다.

회장님은 1975년 온 세상이 "경제성장만이 살길이다."고 외칠 때 "좋은 사람, 좋은 세상Better People Better World"의 기치를 높이 들고 인간개발연구원을 창립하셨습니다. 기업이 살아야 나라가 산다며 경영자교육에 몸과 마음과 청춘과 평생을 바치셨습니다. 한 주도 쉬지 않고 새벽을 깨워 오셔서 기네스북에 오를 2031회의 경영자연구회 기록을 남기셨습니다. 정부 고위관료와 외국의 저명 강사들이 "한강의 기적을 이룬 원동력이 바로 경영자의 새벽 공부였다."며 이구동성으로 감탄하곤 했습니다. 일본의 저명한 기업인들도 "세상에서 가장 부지런한 일본 사람을 게으르게 만든 주인공이 바로 장만기 회장님과 한국의 기업인"이라며 존경과 감동을 전했습니다.

또한 회장님은 1995년 지방자치제가 시작되었을 때 교육 불모지 전남 장성군이 "세상을 바꾸는 것은 사람이고, 사람을 변화시키는 것은 교육이다."는 슬로건을 내걸고 시작한 교육의 꿈을 실현시키셨습니다. 고 노무현 대통령께서도『주식회사 장성군』의 놀라운 혁신 사례를 보면서 "혁신이라는 일이 성공할 수 있는 일이구나!" 하는 자신감을 얻었다며 회장님께서 정부와 지자체 교육에 미친 영향력을 담은 편지를 공무원들에게 보내어 격려하시기도 했습니다. 장성군의 교육 성공사례는 국제기록인증기관인 유럽연합 오피셜월드레코드EU OWR에서 "세계 최장기간 사회교육의 메카"라는 공식적인 인증을 받기도 했습니다.

회장님은 한국에서뿐만 아니라 일본과 중국에서도 저명인사이셨습니다. 한일 관계가 얼음장처럼 얼어붙어 있을 때 회장님은 일본의 정치 거물과 기업인들을 대상으로 한일 관계의 방향과 미래를 역설하시어 일본인들을 감동시키기도 하셨습니다. 중국에서도 정부와 대학에서 "사회교육이 한국의 경제성장에 미친 영향"에 대해서 비결을 알려달라는 강연 요청이 끊이지 않았습니다. 회장님이 대학에서 강연을 마치고 나면 학생들이 "사인해 달라."고 장사진을 이루는 진풍경을 연출하기도 했습니다.

회장님은 회원들의 경조사는 언제든지 어디든지 마다하지 않고 달려가셔서 축하하고 위로해 주셨습니다. 그렇게 몸이 열 개라도 모자랄 정도로 자신을 희생해 가시면서 바쁘게 사셨습니다. 회장님이 계시는 곳에서는 늘 사람, 웃음, 희망, 미래가 있었습니다. 반면에 46년 동안 교육을 일관되게 이끌어 오시는 과정은 경제적으로는 역경의 길이기도 했습니다. 교육사업은 그야말로 외화내빈外華內貧이었습니다. 엄경애 사모님과 가족들은 경제적인 고통을 감내하면서 조용히 내조를 하였습니다. 회장님은 자동차가 없이 걸어 다니면서도 "11번 자가용 덕택에 건강하다."며 웃음을 잃지 않으시고 대중교통을 이용하셨습니다.

회장님께서 지난 46년 동안 가꾸어 오신 평생교육과 평생학습의 신념은 앞으로 다가올 46년, 100년을 넘어 영원히 빛날 것입니다. 회장님은 매일 새벽 4시면 일어나시어 하루도 빼지 않고 성경을 읽고 기도하셨습니다. "네 시작은 미약하였으나 네 나중은 심히 창대하리라."는 성경 욥기의 말씀을 묵상하시면서 어려움을 극복하시어 오늘의 금자탑을 쌓아 올리셨습니다.

회장님의 좋은 사람, 좋은 세상, 인간개발, 인간존중, 생명경외, 멘토링을 통한 인재육성의 철학은 인간개발연구원의 문용린 회장님, 한영섭 원장님, 장소영 상무님을 비롯한 임직원과 남아 있는 분들이 실천해 나가도록 최선을 다할 것입니다.

회장님의 빈자리가 너무나 크게 느껴집니다. 하나님도 회장님이 필요하셔서 이렇게도 일찍 하늘나라로 모시고 가셨다고 해석할 수밖에 달리 슬픔을 억누를 길이 없습니다. 이제 무거운 짐 다 내려놓으시고 하늘나라에서 영원한 안식과 참 평안을 누리시기를 기원합니다. 삼가 존경하는 장만기 회장님 영전에 옷깃을 여미며 올려드립니다.

현장학습

윤백중 삼화P&S 대표이사

산 높이가 해발 5천 미터가 넘으면 만년설이 쌓인다고 알고 있다. 8천 미터 상공을 나는 비행기 안에서 장만기 회장이 여기를 보라며 손짓을 한다. 남미 페루에서 쿠스코로 가는 중이다. 내려다보이는 하얀 눈은 안데스 산맥 정상의 만년설이다. 만면의 미소를 띤 장 회장의 얼굴이 지금도 눈에 선하다.

쿠스코에서 완행열차로 우르밤바 강줄기를 따라 한 시간

반 정도 가서 공중도시로 가는 버스를 탔다. 산허리를 28번 돌고 돌아 공중도시로 향했다. 모퉁이를 돌 때마다 겁이 많이 났다. 여기저기서 비명소리가 들렸다. 하지만 현장에 도착하니 모두 감탄 연발이다. 남향의 계단밭과 가파른 계단을 올라 움집 근처에 가니 평평한 넓은 광장이 나왔다. 돌로 지은 집들을 보니 돌 자르는 기술은 현대 기술로도 불가능해 보였다. 어떤 학자는 공중도시에 어느 해 전염병이 창궐하여 모두 사망한 후 수백 년 동안 폐허의 도시로 남았으리라는 추측을 했다고 한다. 공중도시 전체가 잉카문명의 찬란했던 흔적으로 생각되었다. 장만기 회장을 비롯한 비슷한 연령대끼리 구경하면서 현지 안내인의 설명을 들었다. 2005년 마추픽추의 즐거웠던 여행은 인간개발연구원이 주최한 현장 학습의 하나인 연중 행사였다.

다음에 간 곳이 브라질과 아르헨티나의 국경을 흐르는 이과수 폭포다. 요란한 물소리가 귀를 때려 마주 보고 있어도 대화가 안 될 정도로 주위를 압도했다. 폭포의 형태가 브라질에서 보면 200여 개가 보인다. 아르헨티나에서 보면 6개가 보인다. 거대한 폭포를 몇 미터 앞에서 볼 수 있다. 브라질 쪽 폭포 하류에는 작은 배로 폭포 낙하지점 근처를 돌아오는 관광코스가 있다. 장만기 회장을 비롯한 일행 십여 명이 구명복에 비옷을 입고 폭포 아래까지 다녀오는 배를 탔다. 겁을 잔뜩 먹고 떠난 배는 폭포 바로 밑까지 가서 몇 바퀴 돌고 오는 체험행사다. 무사히 돌아와 즐거움을 만끽했으나, 모두 옷이 다 젖고 속옷까지 다 젖어 비옷이 무용지물이 되었다. 단벌 신사가 물에서 나오니 8월 하순인데도 추위가 엄습했다. 남녀 모두가 오들오들 떨었다.

소띠나 토끼띠 고령자는 너무 추워서 얼어 죽나보다 했다. 남미에서의 현장학습은 오랫동안 추억에 남을 것 같다. 늘 같이했던 일행 중 몇 분이 지금은 타계하셨다.

좋은 강사를 모시고, 좋은 프로그램과 유익한 곳을 찾아 회원들과 시간을 보내셨던 장만기 회장께서 긴 병환 중에 계시다 타계하셨으매 모든 회원들의 슬픔은 클 수밖에 없다. 인간개발연구원의 모임을 보고 계실 줄 믿는다. 슬픔과 아쉬움의 교차가 우리 회원들 가슴속에 남으리라. 그래도 송 회장 부부를 비롯한 여러 분들은 건강하고 매달 조찬회에서 만나고 있다.

2010년 상하이 엑스포에도 장 회장 부부와 동행하여 중국관, 한국관, 일본관, 조선관 등 8개국의 전시관을 보고 즐거운 시간을 보냈다. 중국관은 주최국에 걸맞게 과거 20년과 미래 20년을 주제로 첨단 기법을 동원하여 역동적인 음향으로 세계를 주름잡는 미래 산업을 광고하고 있었다. 조선관도 보았다. 이북에서 발행한 모든 우편엽서를 판매하고 있어 한 세트를 샀다. 한국관은 관장이 직접 나와 안내해 주었다. 한국관은 5등 안의 규모라며 한국인 150만 명의 관람을 기대한다고 설명했다. 한국관이 규모나 배열을 보면 제일 잘된 것 같았다.

사람이 너무 많아 식당을 못 가고 도시락을 사서 길 옆에 세워둔 봉고차에서 해결하기도 했다. 피곤은 했지만 인간개발연구원의 연중행사인 현장 학습은 즐겁고 유익했다.

이 시대의 위인이신 장만기 회장님을 추모합니다

이금룡 도전과나눔 이사장

1975년부터 대한민국 경영자들의 아침을 일깨우신 인간개발연구원의 장만기 원장님이 영원히 영면하셨다. 40대 후반부터 현재까지 사업과 인생에 있어서 너무나 커다란 영향을 주신 고인을 추모한다.

장만기 원장님과의 인연은 2000년도 인터넷 열풍이 시작될 무렵 당시 옥션이라는 작은 벤처회사 CEO인 저를 조찬 포럼에 초청해 주셔서 강연한 것이 계기가 되었다. 삼성의 임원으로 퇴임하여 CEO가 된 지 1년이 안 된 나로서는 아침 일찍 롯데호텔 강연장을 가득 메운 선배CEO들의 열기에 충격을 받고 그 뒤로 인간개발연구원의 일원이 되었다.

내가 장만기 원장님을 정말 감사하게 느끼는 이유는 네 가지이다.

첫째는 아침 조찬 포럼을 통하여 기업경영을 둘러싼 많은 변수들, 이를테면 국내정치, 외교, 법률, 제도, 역사 등을 이해하며 통찰력을 기르는데 큰 도움이 되었다. 인간개발연구원이 아니면 어디에서 이렇게 훌륭한 석학들의 강연을 들을 수 있었겠는가? 경영자에게 있어 매일 경쟁에서 싸우는 기술과 전략이 '무'라면 경영을 둘러싼 제반 환경을 파악하고 대처하는 것은 '문'이라고 할 수 있다. 나름대로 문과 무를 겸비한 경영자로 성장하게 한 장만기 원장님께 감사드린다.

두 번째는 "좋은 사람이 좋은 세상을 만든다"는 인간개발연구원의 모토처럼 인간개발연구원에서 많은 훌륭한 분들을 만났다. 혈연, 학연, 지연을 떠나서 정말 배우기를 좋아하는 사람들을 많이 만났다. 인생이나 경영에 큰 힘이 되고 있다. 같이 팀을 이루어 매월 운동을 10년 이상 하고 있는 모임도 있다. 인간개발연구원 아니면 만날 수 없는 소중한 동반자들이다. 장만기 회장께서 천사들을 내려보내셨다.

세 번째는 장만기 회장님의 인생을 살아가시는 모습에서 성인의 형상을 보았다는 것이다. 장만기 회장님은 "네 이웃을 사랑하라"라는 기독교관 윤리관으로 생활하신 것으로 알고 있다. 평소에 만나 뵈면 칸트의 정언명령 두 번째 원칙인 "인간을 수단으로 대하지 말고 목적으로 대하라"는 구절을 그대로 실천하시는 분이라는 걸 알 수 있다. 항상 온화한 모습으로 누구에게도 최선을 다하시는 모습에서 진정으로 좋은 사람의 형상을 만난다.

마지막으로 장만기 회장님의 '호학정신'을 존경한다. 아무리 나이가 드셨어도 새로운 것에 대한 호기심과 학습을 하시고자 하시는 열정은 성인 공자를 연상케 한다. 서점에서 뵌 적도 여러 번 있다. 제가 생각하기에 경영자는 호기심과 호학정신이 정말 중요하다. 기업가는 과거를 현재로 만드는 사람이 아니라 현재를 미래로 만드는 사람이다. 끊임없이 익히고 준비하지 않으면 미래의 주인공이 될 수 없다.

금년 1월 7일 83세로 장만기회장님은 영원히 영면하셨지만 3,000회를 향한 조찬포럼과 인간개발연구원에서 만난 친우들과의 우정은 영원할 것이다. 또 나에게 가르쳐주신 인간을 목적으로 대하는 자세와 새로운 것에 대한 호학정신은 가슴에 남아 지속될 것이다. 천국에서 편히 영면하소서.

삶과 죽음보다 더 위대한 '영향력'

이수경 가족행복코칭센터 원장

故장만기 회장님의 영전에 바칩니다.

사람이 태어나고 죽는 것은 하늘의 뜻일진대 어떻게 사느냐 하는 것은 본인의 선택이고 의지일 것입니다. 그래서 인생은 BBirth 탄생 - CChoice 선택 - DDeath 죽음라고 말했습니다.

여기 젊은 시절 자신의 선택으로 대한민국의 국운을 바꾼 한 사람이 있습니다. 故장만기 회장님은 대한민국이 살 수 있는 길은 기업을 키우는 것이고 경영자 교육을 통해

서만 기업을 성장·발전시킬 수 있다고 믿으셨습니다. 불과 38세이던 1975년 '좋은 사람이 좋은 세상을 만든다Better People Better world'는 기치로 인간개발연구원을 설립하시어 매월 한 차례 이상 경영자 조찬강연회를 열어 46년간 한길을 걸어오셨습니다. 그리하여 지난 46년 동안 2천 회를 훌쩍 넘겨 기네스북에 오르기도 한 인간개발연구원의 교육을 통해 수많은 기업인들이 성장에 성장을 거듭해 오늘의 대한민국을 만들었음은 누구도 부인하지 못할 것입니다. 또 경영자 교육에 그치지 않고 지방자치제가 실시되자 회장님은 전남 장성군에 '장성아카데미'라는 이름으로 대한민국 최초로 지자체 학습 프로그램을 만들어 지금까지 지속해 옴으로써 일개 농촌 지방자치단체를 전국적인 학습문화의 메카로 만들어 전국적 학습 혁명의 불길을 지피셨습니다.

개인적으로도 끊임없는 학습을 통해 자신의 지적 욕구를 채워 오신 회장님은 80세의 나이에도 2년간 중국을 오가며 중국 장강상학원의 MBA 학위를 취득하시는 등 열정적인 활동으로 후학들에게 귀감이 되셨습니다.

회장님께서 80세가 되시던 해 자서전『아름다운 사람, 당신이 희망입니다』출간 기념회에서 사회자로 섰던 저는 사람을 사랑하고 사람의 잠재능력을 극대화하기 위해 평생을 헌신해오신 회장님의 철학에 깊은 감명을 받았습니다. 또 매월 인간개발연구원 경영자 조찬강연회에 참석하면서 회장님께서 연단에 서실 때 한 번도 원고를 보고 읽는 것을 보지 못했습니다. 수십 년 전의 기억을 떠올려 말씀하시는데 역사적 사실이며 숫자 등을 한 번도 틀린 것을 보지 못했고, 중언부언하시지도 않고 꼭 필요한 말씀만 적재적소에 하시는 것을 보면서 존경하는 마음을 지울 수 없었습니다. '나도 훗날 저런 어른이 되어야지'라고 다짐할 정도로 제게 큰 영향력을 끼치셨습니다. 그런 총기와 노익장을 과시하던 회장님께서 말년에 짧은 투병 생활 끝에 생을 마감하셨기에 슬픈 마음을 주체할 길 없습니다.

회장님은 가셨지만 회장님의 선한 영향력은 대한민국 방방곡곡에 깊이 뿌리박혔으며 회장님의 뜻을 받들어 경영자 교육의 유훈을 이어가는 것은 이제 남은 저희들의 몫입니다.

부디 아픔도 슬픔도 없는 천국에서 영면하시기를 간절히 소망합니다.

고(故) 장만기 회장님 보내고 난 후

이해성 데이터몰팅 회장

오늘은 고故장만기 회장님께서 우리의 곁을 떠나신 지 3주일 되는 날입니다.

30여 년의 세월 동안 매주 목요일, 새벽을 깨우는 첫 시간에 회장님과의 만남을 한 날의 삶의 일과로 이어왔던 저로서는 오늘같이 흰 눈 내리는 날에 더없이 애달프고 허무한 마음을 금할 길이 없습니다.

회장님의 육신은 우리와 함께할 수 없을지라도 평소의

고요함, 잔잔하고 정결하셨던 모습, 의미 있는 나날들은 오늘도 이어지리라고 믿기에 회장님의 영혼의 안식을 다시 한 번 빌면서 마음의 위로를 받습니다. 회장님은 청년의 때에 꿈과 비전을 안고 이 나라가 어렵고 힘든 때에 인내의 단을 쌓으시어서 사회적·국가적으로 선한 영향력을 끼쳐오신 것을 세상의 많은 사람들이 칭송하고 있습니다.

"좋은 사람이 좋은 세상을 만든다."고 하는 확신과 일념 그리고 우리가 살 만한 좋은 세상을, 새로운 시대를 창조할 수 있다는 신념으로 이 땅 위에서 헌신해 오셨습니다. 우리나라 조찬연구문화의 효시가 되셨고 기업과 사회단체, 국가기관에 이르기까지 성숙한 발전을 위하여 인간개발연구원을 근간으로 하여 크게 공헌하셨습니다. 오랜 세월을 한결같은 모습으로 따스한 미소와 친절, 그리고 몸에 배인 겸손으로 세상을 섬기는 자세로 살아오셨습니다.

늘 책을 가까이하시어서 지적자산을 쌓아 오셨고 성실과 진실을 바탕으로 인간관계의 폭넓은 삶으로 인적자본과 신뢰자본의 풍요를 누리시었습니다. 개인적으로는 (주)덕성에서 폴 마이어의 퍼스널리더십 프로그램을 지도하실 때에도 이른 새벽길을 마다하지 않으시고 먼 사업장까지 방문하셔서 자상하게 진행해주시기도 했습니다. 언젠가는 지하철 승강장에서 열차가 도착할 때까지 지참하고 있는 서류를 검토하고 계시던 모습을 지금도 생생하게 기억하고 있습니다. 체질화된 겸손과 성실, 그리고 능력과 섬김으로 이 시대의 사표가 되셨던 것입니다.

그러나 우리는 이러한 회장님의 형상을 이 땅 위에서 만날 수 없는 안타까움을 어찌할 수 없습니다. 인생은 만남이라고 했습니다. 그 만남이 모여 삶이 되었기에 그리고 그 삶의 시간들에서 영혼의 교류가 있었기에 우리는 새 힘을 얻고 허전한 마음에 위안을 얻게 될 것입니다.

꽃잎은 져도 꽃은 떨어지지 않는 상사화相思花를 바라보듯, 인간의 존재 가치를 드높이기에 힘쓰셨던 회장님을 생각하고 기억하며 추모합니다. 이 땅 위에서 생명의 유한함은 신의 섭리이기에 세상의 영광과 수고를 멀리하신 회장님을 그리워합니다. “아름다운 꽃은 어두운 밤을 지새우고 아침에 핀다.”고 하는 꿈과 희망을 안고 모든 아름다운 것을, 우리 회장님의 영혼과 함께하는 ‘목요일’을 이어가리라고 믿습니다.

이러한 확신이 있기에 쓸쓸한 생각, 허무한 마음을 떨쳐 버리고 회장님의 영혼과 사랑과 존경의 대화를 이어가며 "더 좋은 사람이 더 좋은 세상을 만들어 가리라."고 믿습니다.

사랑하고 존경하는 고故 장만기 회장님! 하늘나라에서 영혼의 안식을 누리소서!

위대한 사회교육의 선각자, 존경하는 장만기 회장님!

임덕규 영문월간외교Diplomacy 회장

1975년 3월 초 조선호텔 인간개발연구원 조찬회장에서 청년 장만기 원장님은 회원들을 반갑게 맞이하시고, 엄경애 여사님이 회비를 받으시던 모습이 떠오릅니다. "대학 졸업했으면 됐지!" "공부는 또 해서 무엇을 하나!" 하며 사회교육이 전무하던 때 정주영 회장, 김우중 회장, 남덕우 총리 등 수많은 각계 현장의 지도자들의 경험과 현실을 실감있게 대한민국 경제발전 현장에서 실천한 것처럼 느끼게 한 인간개발연구원!

위대한 사회교육의 선각자이십니다.

장만기 회장님!

그 잔잔한 미소! 정다운 음성!

언제 다시 보고 들을 수 있을까!

생각해 보니 모든 인간개발연구원 회원들과 지인들을 위해 천국 앞에서 "어떻게 하면 천국으로 갈 수 있을까?" 하고 고민하시던 모습이 떠오릅니다. 천국개발연구원을 개설하시어 천국 앞에서 다시 뵐 수 있기를 기대해 봅니다.

공부하세요!!

장찬기 해동재단 회장

아 장만기 회장님, 이사장님!

용인병원에 입원해 계실 때 2번 면회 갔으며, 그 이후 퇴원하셔서 댁에 계신다는 소식을 듣고 있었는데, 페이스북에서 한영섭 원장님이 올린 것을 보고서 참으로 애통한 심정을 가눌 길 없습니다.

저는 영남대학교 상경대학을 졸업하고 삼성공채 13기로 삼성에 근무하다가 1983년 3월 20일 뜻한 바 있어서 사표를 내고 종합병원을 동업으로 인수·경영하게 됐습니다.

그러다 병원 경영의 문제점이 있어서 투자금을 회수, 내 사업을 하고 있는데 1994년 4월경 제가 경영하는 '대어여의도 미원빌딩 4층, 550평, 대형 일식집'에서 장만기 회장님을 뵙게 됐습니다. 이런 저런 말씀 끝에 "공부하세요! 인간개발연구원에 나와서 공부도 하고, 견문도 넓히고, 사람도 사귀고" 하셨습니다. 저는 삼성에 근무하면서 학벌 콤플렉스를 느껴 '연세대학교 경영대학원도 졸업했는데 공부라니' 같은 좀 거만한 생각을 했습니다.

하지만 그 후 인간개발연구원에 등록하고 각 분야 전문 강사들의 강의와 정보를 접하고, 새로운 공부를 하게 되었습니다. 매주 목요일 조찬강의는 새롭고 다양했으며 특히 4개 그룹 중 '인목회'에 가입해서 더욱 좋은 사람들과 인간관계를 맺게 되었습니다. 특히 조순 전 총리님와 함께한 백두산 등정은 잊을 수 없고 몇 차례 중국 현지답사, 견학은 참으로 유익했습니다.

뜻한 바 있어서 1995년 4월 26일 사회복지법인 해동재단출연금 22억 48,000원, 인천광역시 유료사회복지시설 제1호을 설립해서 우여곡절 끝에 오늘에 이르고 있으며, 지금도 설립 취지대로 그 업무를 수행하도록 최선을 다하고 있습니다.

"좋은 사람이 좋은 세상을 만든다!" 정말로 명언입니다.

장만기 회장님은 제가 사석에서 "형님!"이라고 불렀으며37년생, 한국콘도 장영기 회장 42년생, 제가 47년 6월 27일생 제 인생의 모든 중요한 사건, 사업관계에 많은 충고와 조언을 해주셨습니다. 오늘의 나를 '계속 공부하는 학생'으로 있게 해주셨습니다.

인생을 살아가면서 누구를 만나느냐가 많은 변화와 변혁을 줄 수 있음을 장만기 회장님과의 관계에서 잘 느끼고 있습니다.

"끝이 좋으면, 모두 좋다!"

이제 해동재단을 다시 복원해서 봉사헌신의 삶을 살겠으며, 저도 인간개발연구원의 회원으로 다시 활동할 수 있게 노력하겠습니다.

"장만기 회장님! 공부하겠습니다." 엄경애 형수님, 장소영 상무도 형님의 업적을 잘 아시니 연구원이 더욱 발전되어 갈 것입니다. 이제 천국에서 복락을 누리소서.

1인자를 교육한 미래,
사람이 희망이다

전미옥 중부대학교 학생성장교육학부 교수

아주 오래도록 대한민국을 서술하는 익숙한 말이 있었다. '작은 국토에 산이 많고 삼면이 바다이며 자원도 많지 않은 나라.' 열악한 지리적 조건에 나라를 부강하게 할 지하자원도 별로 없는 빈한한 상황을 드러낸 말인데, 틀린 말은 아니지만 이 말은 우리의 자신감을 떨어뜨리고 내세울 것 없는 나라라는 생각을 내재화하고 이미지화했던 측면이 있었다.

그러나 어느 때부터 그런 표현은 뭔가 낡은 관용적 표현처럼 들리는 면이 되었다. 우리나라의 힘이 다른 데서 분출되었던 덕분일 것이다. 그건 모두가 알고 있는 것처럼 '교육'의 힘이다. 교육과 교육열에 관한 한, 세계 어느 나라보다 뜨거운 우리나라는 '사람이 경쟁력'이 되는 원동력을 교육을 통해 실현해왔다. 여기서 일찍부터 한 발 더 들어가 기업의 경영자 교육 계발에 평생을 바친 분을 잠시 추억하고자 한다.

얼마 전 작고하신 인간개발연구원의 창립자 장만기 회장은 '좋은 사람 좋은 세상Better People Better World'을 모토로, 인간개발, 인간존중, 생명경외, 멘토링을 통한 인재육성의 철학을 꾸준히 교육을 통해 실천하신 분이다. 잘 살아보자는 시대적 목표 아래, 기업이 성장하기 위해서는 시대를 앞서 읽는 눈을 가진 공부하는 경영자가 있어야 한다고 생각했던 고인은 산업계 각지에서 열심히 일하는 경영자들과 학계, 정계를 잇는 중요한 가교 역할을 했다. 그 과정이자 결실이 1975년 2월, 재계와 학계의 명사들의 새벽을 깨워 시작한 '조찬모임'이다. 최고경영자를 위한 '인간개발경영자연구회'를 개설하여 매주 목요일마다 아침을 함께 시작했는데, 이는 세계에서 유례를 찾기 힘든 기업인 교육 프로그램으로, 올해 46년을 맞아 현재까지 2032회를 이어온 현재

진행형 전설이 되고 있다. 더불어 인간개발연구원이 평생 교육의 산실, 사회교육의 원조로 자리매김함으로써 우리 모두는 고인에게 빚을 지고 있다고 말하는 분도 있는데 매우 공감한다.

생전 고인에게 격려와 칭찬을 들으며 의미 있는 일을 하기 위해 노력해왔기에 이 부고가 더 애틋하게 다가오는 건, 교육 현장에서 있어 보니 교육을 통한, 교육자를 통한 사람과 사회의 성장이 디지털 시대가 발전할수록 더 중요하다는 사실을 실감하기 때문이다. 38세의 젊은 나이에 미래에 정말 필요한 것에 대한 혜안을 가진 선각자의 큰 걸음을 통해, 우리 앞의 학생들과 젊은이들이 포스트코로나 시대를 헤쳐 나갈 인재가 되도록 도울 사명이 새삼 깊이 다가온다.

우리 각자 소중하고 가치 있게 생각하는 일이 모두 다를 수 있다. 하지만 중요하게 변치 않는 우선순위는 이것이 아닐까. 바로 '사람'이다. 사람만이 희망이다. 2021년 새해 코로나로 힘든 한 해를 다시 보내야 하는 상황에도 사람에게 희망을 품어보자. 우선 나부터 누군가에게, 좀 더 많은 사람에게 따뜻하고 좋은 사람이 되어줄 수 있는 해로 만들어가는 것은 어떨까.

내 인생의 길잡이

정문호 동국산업 고문

삶과 죽음의 갈림길이 하늘의 뜻이라지만 그 삶이 값지고 의로울수록 오랫동안 우리 곁에 머물면서 삶의 방향을 잡아준다. 지금은 우리 곁을 떠난 장만기 인간개발연구원 회장님. 30대의 젊은 나이에 '사람이 희망이다' 즉, 삶의 근본이 '인간성'이라는 것을 깨닫고, 인간교육에 헌신하신 지근 반세기 되었다.

장만기 회장님의 인간교육 정신은 미국 심리학자 데이비

드 맥클리랜드의 "인간의 욕구는 선천적인 것보다는 사회문화로부터 학습되는 것"이라는 이론과 "잠재력을 믿어야 한다."는 세계적인 리더십 전문가 폴 마이어 정신을 이어받아 최고 경영자 CEO 조찬 강연으로 연결되었다. 1975년에 시작하여 46년간 수많은 사회지도자와 기업경영자들이 이 조찬회를 거쳐 갔다.

자본이나 기술이 없는 우리나라에서 우리가 가진 최고 경쟁력은 사람이다. 인간의 성장 잠재력에 대해 설파하며 사회 각 층의 리더와 기업경영자들에게 인간에 대한 교육을 펼쳐왔다. 이 조찬 모임을 통해 나는 장만기 회장님을 만날 수 있었다. 이 만남은 행운의 만남이요, 감사의 만남이다. 인간존중의 창업가정신으로 수많은 공부방을 만들어 지식의 씨앗을 뿌렸다. 그리고 회원들을 공부하게 만들었다. 인간개발연구원 산하에 많은 모임이 있지만 내가 참석하는 모임은 이종기업모임, 테이블모임, 책글쓰기모임, 운동모임, 기업탐방 그리고 옛 선인들의 발자취를 찾아가는 '달리는 공부방' 등이며 적극적으로 참여하여 많은 경험과 지식을 배웠다.

이종기업모임은 서로 업종이 다른 회원들이 매월 석찬 모임을 갖고 아침조찬회에서 못다 한 주제를 토론했다. 이때 각자가 준비한 5분 스피치로 정보와 지식을 교환하기도 하고 이러한 과정에서 새로운 창업이 일어나기도 했다. 특히 내가 관심이 가는 모임 중 하나는 '책글쓰기' 모임이다. 15여 년 전에 시작한 이 모임은 매월 전문 작가를 초청하여 수필, 자서전 쓰는 공부를 한다. 나는 이 모임을 통해 공부한 경험과 지식으로 책 한 권을 쓴 것이 큰 기쁨이고 수확이다. 『커피 씨앗도 경쟁한다』는 이 책은 장만기 회장님의 격려와 양병무 원장님의 지도로 세상의 빛을 보게 되었다.

또 다른 모임은 '테이블 모임'이다. 매월 점심 모임을 갖고 각자가 준비한 5분 스피치와 의견교환도 한다. 가끔은 장만기 회장님이 참석하여 덕담도 하신다. 2년 전 1월 모임에 장만기 회장님이 참석하셔서 덕담도 하시고 좋은 분위기 속에서 모임을 마쳤다. 그러나 마지막 순간에 일어서지 못하고 쓰러지셨다. 급히 병원으로 모셨고 회원들은 장만기 회장님의 쾌차를 기도해 왔다.

우리나라가 국민소득 3만 달러 달성과 선진국 문턱까지

도달하는 데는 장만기 회장님의 숨은 노력과 인간개발정신이 크게 기여하였다. 매번 새벽 조찬모임에 일찍 출근하여 환한 웃음으로 회원들을 맞이하셨다. 지금도 그 모습이 눈앞에 선명하게 그려진다. 장만기 회장님의 인재양성과 창업정신이 앞으로 50년, 100년 뻗어나가기를 기원하다.

인간교육에 힘써 오신 지난 46년 동안에 왜 어려움이 없었겠는가? 수많은 시련과 역경 속에서도 삶을 긍정적으로 보는 밝은 웃음으로 극복하신 인간, 장만기 회장님!

이제 하늘나라에서 영원한 안식과 평안을 누리시기를 기도한다.

부친 같은 존재이자 인생의 은인, 장만기 회장님

조우진 일본 다마대학 교수

나는 지금까지 30년간 장만기 회장님과 함께, 한국과 일본 사이의 인재육성을 통한 친선 교류 사업을 실시해 왔다. 만남의 계기는, 장 회장님의 오랜 친구이며 주일본국 요코하마 총영사였던 나의 부친으로부터의 소개였다. 그 이후로, 수많은 일본과의 교육 친선 사업예를 들면, 후나이 연구소와의 유통 연수, 가나가와 현과의 지방자치 연수, 경영자 연구회에서의 오오타케 요시키 AFLAC JAPAN 창업자나 손정의 소프트뱅크 회장의 멘토인 노다 가즈오 다마대학 초대 학장 등의 일본인 강사의 초대의 기획 조정, 통역, 인솔 등의 일을 하게 되었다.

장 회장님은 나에게 있어서 교양지식과 인생철학의 면에서 부친과 같은 존재이며, 게이오대학 대학원생과 교수로서 활동하기에 즈음해 많은 도움을 베푼 일본BE연구소의 교토쿠 테츠오 소장을 소개해 주신 큰 인생의 은인이기도 하다. 교토쿠 선생님은 일본 정·재계의 원로이시자 정신적 지주로서 오랫동안 활약하고 있는 철학자이며, 많은 제자들이 장 회장님의 인재육성 사업이나 한일친선 교류와 관계되어 왔다.

장 회장님의 위대한 인재육성에 관한 업적과 지성은 다른 많은 분이 기술하신 것이 많아 별도 언급은 안 하지만, 장 회장님의 인간적 매력과 그 특징에 대해서는 두 개를 말씀드리고 싶다. 첫째는, 한없는 '인간애', 바꾸어 말하면, 돈도 명예도 아니고 '사람' 그 자체에 모든 관심이 있었던 것이다. 장 회장님은 이해타산이나 지위 고하를 불문하고, 선입관 없이 어떤 사람이라도 정력적으로 만나, 철저히 그 사람이 말하는 것을 경청해, 상담, 격려, 지원하여 오셨다. 그러한 태도는, 역사적으로 어려움을 지닌 일본인에 대해서도 마찬 가지였으며 적극적으로 만나고 '大人'의 면목을 보이시면서 미래지향적으로 대화를 나누어, 많은 한국 지지자를 낳았다. 둘째는, 범인의 상상을 초월하는 인간개발과 대인관계를 향한 '끈기'이다. 많은 시련을 기도하시면서 묵묵히 극복하는 모습은, 나에게 있어서 정신력의 모범이었다.

한일교류의 인상 깊은 추억으로서는 두 개를 말씀드리고 싶다. 첫째는, 장성아카데미의 성공을 일본의 정·재학계와 지방자치 관계자가 배우려고 장 회장님을 초대하면서 『주식회사 장성군』의 출판기념회를 성대히 개최하였으며, 더불어 아오모리현과 다마대학 주최로 인재개발포럼을 실시한 일이다. 많은 일본 관계자가 장 회장님의 강연에 매료되었다. 둘째는, 7년 연속의 인간개발연구원 기획을 통한 일본의 경영자와 대학생의 제주 평화 포럼 참가이다. 한일우호와 아시아의 평화문제에 관심이 많은 일본 학생과 경영자를 제주 포럼에 보다 많이 유치하고 싶다는 장 회장님으로부터의 제안에서 시작되었다. 매년 방문교류연수 명목으로 50명 정도의 학생과 교직원들이 60명 정도의 일본 경영자 방문단과 함께 제주포럼에 참여하여, 동아시아의 평화와 번영을 촉진하기 위한 토의 등을 통해 깊은 통찰을 얻을 수 있었다.

많은 일본인의 추도의 메시지 중에서, 대표적인 것을 이하와 같이 올리는 바이다.

교토쿠 테츠오(일본 BE연구소 소장) 장 회장님의 부고는 크나큰 통한이었습니다. 처음에 조교수로부터 돌아가신 것을 듣고 무념의 기분으로 슬픔이 덮쳐 왔습니다만 후에 감사의 생각으로 바뀌었습니다. 왜냐하면, 죽는 것은 사는 것이기 때문입니다. 장 회장님은 살아계십니다. 장 회장님이 길을 놓은 한국의 인적 번영과 한일의 선린우호 관계의 노력에 진심으로 경의를 표합니다. 40년 이상에 걸친 장 회장님과의 추억은 수없이 많으며, 우리의 깊은 정은 영구히 마음속에서 살아 나가겠지요. 장 회장님이 남긴 한일의 민간 레벨의 우호관계가 더욱 더 굳건해질 것을 바라고 있습니다.

스즈키 시즈오(주식회사 리브란 창업자 · 제주 포럼 일본 방문단 실행 위원회 위원장) 2018년의 제주 포럼에서의 그 온화한 웃으시는 얼굴이 떠오릅니다. 제주 포럼에 교토쿠 제주 포럼 일본 방문단 단장님과 함께 매년 5월에 일본으로부터 100명 이상의 참가자를 인솔해 왔습니다. 장 회장님은 서투른 나에게 여러 가지 조언, 격려, 그리고 감사장까지 주셔서 그 책임을 다할 수 있었습니다. 아시아로부터 세계를 향하여, 왜곡되어지고 있는 문화·경제·정치를 뜨겁게 논의했습니다. 특히 일본 방문단에서는 말기적인 자본주의를 윤리 자본주의로 전환해야 한다며 윤리연구소 마루야마 이사장, 100년 경영 연구 개발 기구 대표, 현역의 문부과학성 장관을 강연자로 초빙했습니다. 장 회장님의 공적은 위대합니다. 경직 상태의 아시아, 특히 한국, 중국, 일본이 반드시 마음을 한데 합칠 수 있는 날이 온다고 믿으면서 장 회장님의 명복을 진심으로 기원 드립니다.

이와 같이 장 회장님이 남긴 민간 레벨의 한일교류의 토대는, 향후 일본에서도 발전적으로 계승해 나갈 결심이다.

장사익 소리꾼의 추모친필

'사람이 사람을 만나 서로 좋아하면
두사람 사이에선 물길이 튼다~'
'우화의 강'(마종기 시)이란 시 입니다.
평생 사람과 사람사이의 물길을 트여
놓으시면서 아름다운세상을 위해 헌신하신,
존경하는 '장만기' 선생님, 삼가 명복을 빕니다.
세상이 바이러스로 혼란한 이즈음, 사람들은 서로
사이를 두는것을 덕목으로 알고 있습니다. 아마도
이것이 너무나 서운하셔서 뒤돌아 가신것 같습니다.
선생님께서 일구어 놓은 사람살이, 제대로
성숙하게 살아야겠습니다. 황혼에 해 저가는
세상에 선생님의 따스한 빛이 더욱 그립습니다.
진작 찾아뵙지 못함을 크게 후회합니다.
열심히 살겠습니다!
존경하는 '장만기' 선생님.
부디 편안히 영면하십시오! 감사합니다!

'21. 1. 17 장사익 拜上.

장사익 소리꾼

"사람이 사람을 만나 서로 좋아하면 두 사람 사이엔 물길이 튼다."

「우화의 강백중기 시」이란 시입니다.

평생 사람과 사람 사이의 물길을 트여 놓으시면서 아름다운 세상을 위해 헌신하신 존경하는 장만기 선생님, 삼가 명복을 빕니다.

세상이 바이러스로 혼란한 이즈음, 사람들은 서로 사이를 두는 것을 덕목으로 알고 있습니다. 아마도 이것이 너무나 서운하셔서 뒤돌아가신 것 같습니다. 선생님께서 일구어 놓은 사람살이, 제대로 행行하며 살아야겠습니다. 황폐해져가는 세상에 선생님의 따스한 정情이 더욱 그립습니다. 진작 찾아뵙지 못함을 크게 후회합니다.

열심히 살겠습니다!

존경하는 장만기 선생님. 부디 편안히 영면하십시오!

감사합니다!

장만기 회장님 추모 관련 기사

'좋은 사람이 좋은 세상을 만든다' 장만기 회장 별세

'좋은 사람이 좋은 세상을 만든다' '기업이 살아야 나라가 산다'라는 신념으로 평생을 경영자 교육에 헌신해 온 장만기 인간개발연구원 회장이 7일 저녁 영면했다. 향년 83세다.

고인이 된 장 회장은 인간 존중의 리더십 대가인 '폴 마이어'의 영향을 받아 1975년 인간개발연구원을 설립했다. 장 회장은 청년시절 영어가 유창했고 마케팅을 공부해 국내 굴지의 대기업으로부터 영입 유혹이 있었지만 이를 뿌리쳤다. 당시 최고의 직업인 교수라는 직책도 버리고 기업인 교육이라는 남들이 가지 않는 길을 선택했다.

그는 경제학에서 말하는 Y이론의 신봉자다. '좋은 사람이 좋은 세상을 만든다'고 굳게 믿었다. 경영자들을 좋은 길로 올바르게 교육하고 안내하면 그들이 돈을 벌어 사회에 환원하는 선순환 사회가 이루어진다는 신념을 갖고 있었다.

이러한 신념과 철학으로 경영자 교육에 헌신한 기간은 무려 45년이다. 평생을 경영자 교육에 몸과 마음을 바친 것이다. 장 회장이 주도한 경영자 교육을 위한 모임경영자연구회은 무려 2031회에 달한다. 이 기록은 기네스북에 오르기도 했다.

장 회장은 새벽 공부조찬회 창시자로도 유명했다. 바쁜 기업인들을 교육시키기 위해 선택한 고육책이었지만 후에 찬사가 이어졌다. 많은 경영학 교수들은 학생들 앞에서 강의할 때 "한강의 기적을 이룬 원동력이 바로 장 회장이 주도한 경영자의 새벽 공부였다"고 말했다.

장 회장은 공무원들 교육에도 앞장섰다. 전남 장성군 연수원을 빌려 전국의 지자체 공무원들을 모아놓고 '좋은 사람이 좋은 사회를 만든다'고 교육했다.

장 회장은 부지런함과 청렴의 대명사이기도 했다. 일본의 기업인들은 "세상에서 가장 부지런한 일본 사람을 게으르게 만든 주인공이 바로 장 회장과 한국의 기업인"이라며 존경을 표시했다. 장 회장은 매년 여름이면 일본기업인 100명을 제주도로 초청해 한일 기업인 만남행사를 주선했다. 장 회장은 교통수단으로 평생 버스와 지하철을 이용했다.

인간개발연구원 3대 원장을 지낸 양병무 인천재능대학교 도서관장은 장 회장에 대한 추모의 글에서 "회장님께서 지난 45년 동안 가꾸어 오신 평생교육과 평생학습의 신념은 앞으로 다가올 45년, 100년을 넘어 영원히 빛날 것이다. 회장님은 매일 새벽 4시면 일어나시어 하루도 빼지 않고 성경을 읽고 기도하셨다. '네 시작은 미약하였으나 네 나중은 심히 창대하리라'는 성경 욥기의 말씀을 묵상하시면서 어려움을 극복하시어 오늘의 금자탑을 쌓아 올리셨다"고 밝혔다.

이어 "회장님의 좋은 사람, 좋은 세상, 인간개발, 인간존중, 생명경외, 멘토링을 통한 인재육성의 철학을 후대들이 실천해 나가도록 최선을 다할 것"이라고 말했다.

오종남 SC제일은행 이사회 의장도 "장 회장님은 정치와 돈과 종교, 이 셋과는 얽매이지 않겠다는 생각을 견지하고 사셨다. 개인적 인간관계도, 인간개발연구원 같은 모임도,

정치나 돈이나 종교에 얽매이면 초심初心이 깨진다고 하셨다. 정치적인 당파성, 좀 더 잘 하기 위해 필요한 돈, 그리고 첨예하게 대립하기 쉬운 종교, 이 셋과 얽매이지 않은 덕분에 가능했다고 말씀하셨다"고 전했다.

유족으로는 딸 장소영인간개발연구원 상무 씨와 나영 씨, 진영 씨, 지영 씨, 하영 씨가 있고 사위는 채영대 대한송유관공사 전 전무, 최상조 신동백조은내과 원장, 권환준 콘센트릭스코리아 이사가 있다.

빈소는 삼성서울병원 장례식장 3호실에 마련됐다. 발인은 9일 오전 10시 15분이며, 장지는 용인 평온의숲이다.02-3410-3151

– 출처: 중소기업신문(http://www.smedaily.co.kr),
이상욱 중소기업신문 대표이사

한평생 인재육성 외길…
장만기 인간개발연구원 회장 영면

"땅도 좁고, 자원도 부족한 한국이 가진 최고의 경쟁력은 사람이다."

한평생 인재육성 외길을 걸어온 장만기 한국인간개발연구원 회장이 지난 7일 영면에 들었다. 향년 83세.

고인은 인간의 성장 잠재력에 대해 설파하며 반세기에 가깝게 사회 각계각층 리더들에게 인간에 대한 교육을 펼쳐왔다.

그가 만든 최고경영자CEO 조찬모임은 정·재·학계를 아우르는 지도자들이 모여 시대의 고민을 나눌 수 있는 민·관 협동의 기틀을 구축했다는 평가를 받는다.

1937년 전남 고흥의 작은 섬 거금도에서 태어난 고인은 전형적인 '흙수저' 출신이다. 넉넉하지 않은 집안 형편으로 인해 몇 차례 학업을 중단할 위기를 맞았지만, 주변의 도움과 밝은 미래를 향한 집념으로 한남대 영문과를 졸업하고 서울대 경영대학원에서 석사 학위를 받았다.

고인이 인재교육의 길로 접어든 계기는 1960년대 후반 서울대학교 경영대학원생 시절 읽은 미국 심리학자 데이비드 매클릴랜드의 '성취동기는 개발이 가능하다'는 글 덕분이다. 매클릴랜드의 가르침은 미국의 원조를 받는 가난한 대한민국 흙수저 청년의 인생을 바꿔놓았다.

메클릴랜드로부터 영감을 받은 고인은 '국가 경제를 발전시키려면 견인차 역할을 하는 기업인과 경영자를 교육시켜야 된다'는 내용의 경영자 리더십 개발을 위한 성취동기에 관한 대학원 졸업 논문으로 명지대 교수로 발탁된다.

이후 그는 경영자로서도 두각을 드러낸다. 그는 박정희 정부의 국가 홍보 사업을 성공시킨 뒤 설립한 글로벌 마케팅 회사로 큰돈을 벌었다. 하지만 직원들의 횡령으로 부도를 맞으며 다시 맨손으로 돌아가는 힘든 시기를 겪게 된다.

그는 좌절하지 않고 '잠재력을 믿어야 한다'는 세계적인 리더십 전문가 폴 마이어의 정신을 이어받아 1975년 인재개발연구원을 세우고 국내 최초로 최고경영자CEO 조찬 강연을 시작했다.

인간개발연구원의 CEO 조찬 강연은 한국 경제의 고도 성장기를 이끈 1·2세대 경영인들의 든든한 동반자 역할을 해왔다. 정주영 현대그룹 명예회장, 구자경 LG 명예회장, 김우중 전 대우그룹 회장, 최종현 SK 선대회장 등이 참여해 리더십에 대해 소통했다.

김대중 전 대통령, 김영삼 전 대통령, 김종필 전 국무총리, 반기문 전 UN사무총장 등 현대사의 주역들도 참석해 민생을 위한 고민을 나누고, 대안을 모색하는 열띤 토론을 벌였다.

“Better People, Better World사람이 좋아지면 세상이 좋아진다”라는 고인의 신념으로 시작된 CEO 조찬 강연은 지금까지 30만 명에 가까운 기업인들이 참석할 만큼 국내 경제의 중요한 축이 됐다.

– 출처: 아주경제(http://www.ajunew.com),
곽영길 아주경제 회장

학생 때의 모습

명지대 교수 시절

코리아마케팅 창립 시절

인간개발연구원 창립 초기 사무실에서 직원들과 함께

동양방송과 KBS TV토론 진행자 활동

제1회 전국마케팅회의

제2회 기업윤리교육

1978년 노사협조세미나

인간개발경영자세미나 1회 진행

인간개발경영자세미나 1,500회

인간개발경영자세미나 1,700회(40주년 대토론회)

석사논문 성취동기 연구로 연구원 창립의 배경이 되었던
폴 마이어 회장과 LMI 세계대회에서의 모습

연구원 설립초기 벤치마킹을 위해 방문한 마쓰시다 PHP연구소

공공기관 정기교육의
효시가 된 장성아카데미의
공신 김흥식 군수와의 모습

기네스북에 오른
장성아카데미를 축하하며
유두석 군수와의 모습

조찬세미나에 초청한
정주영 현대그룹회장과 최창락 이사장

전국경영자세미나에서 초청한
김영삼 전 대통령

하계경영자세미나에 초청한 김대중 전 대통령

웰렘빔콕 네델란드 전 총리와 문국현 대표와 함께

원칙을 지키는 리더들 태평로 모임 회장에 취임하면서

HDI 이종기업동우회인 1그룹

HDI 이종기업동우회인 4그룹

현재 연구원을 맡고 있는 5대 한영섭 원장

『주식회사 장성군』의 저자인 3대 양병무 원장과 함께한 모습

금강산에서의 하계포럼

10회를 진행한 미국 뉴스타트캠프 이상구 박사와의 모습

팔순기념 『아름다운 사람, 당신이 희망입니다』 출판기념회

단국대 장충식 이사장 음악꿈나무 솔지와 멘토대학 마중물콘서트

HDI 멘토대학 발대식에서의 인사말

인간경영대상 시상식에서

창업당시부터 함께한 아내 엄경애

출판기념회에 함께한 가족들

40주년기념행사에서 두상달 이사장과 김황식 전 국무총리

문용린 현 HDI 회장과 교직원공제회 방문 시

'행복에너지'의 **해피 대한민국** 프로젝트!

〈모교 책 보내기 운동〉

대한민국의 뿌리, 대한민국의 미래 **청소년·청년**들에게 **책**을 보내주세요.

많은 학교의 도서관이 가난해지고 있습니다. 그만큼 많은 학생들의 마음 또한 가난해지고 있습니다. 학교 도서관에는 색이 바래고 찢어진 책들이 나뒹굽니다. 더럽고 먼지만 앉은 책을 과연 누가 읽고 싶어 할까요?

게임과 스마트폰에 중독된 초·중고생들. 입시의 문턱 앞에서 문제집에만 매달리는 고등학생들. 험난한 취업 준비에 책 읽을 시간조차 없는 대학생들. 아무런 꿈도 없이 정해진 길을 따라서만 가는 젊은이들이 과연 대한민국을 이끌 수 있을까요?

한 권의 책은 한 사람의 인생을 바꾸는 힘을 가지고 있습니다. 한 사람의 인생이 바뀌면 한 나라의 국운이 바뀝니다. **저희 행복에너지에서는 베스트셀러와 각종 기관에서 우수도서로 선정된 도서를 중심으로 〈모교 책 보내기 운동〉을 펼치고 있습니다.** 대한민국의 미래, 젊은이들에게 좋은 책을 보내주십시오. 독자 여러분의 자랑스러운 모교에 보내진 한 권의 책은 더 크게 성장할 대한민국의 발판이 될 것입니다.

도서출판 행복에너지를 성원해주시는 독자 여러분의 많은 관심과 참여 부탁드리겠습니다.

도서출판 **행복에너지** 임직원 일동

문의전화 0505-613-6133